파노라마섬 기담/인간 의자

パノラマ島綺譚/人間椅子

江戸川亂歩

대산세계문학총서 151

파노라마섬 기담/인간 의자

パノラマ島綺譚/人間椅子

에도가와 란포 지음 — 김단비 옮김

문학과지성사

대산세계문학총서 151_소설

파노라마섬 기담/인간 의자

지은이 에도가와 란포
옮긴이 김단비
펴낸이 이광호
주간   이근혜
편집   김은주
펴낸곳 ㈜문학과지성사
등록번호 제1993-000098호
주소 04034 서울 마포구 잔다리로7길 18(서교동 377-20)
전화 02) 338-7224
팩스 02) 323-4180(편집) 02) 338-7221(영업)
전자우편 moonji@moonji.com
홈페이지 www.moonji.com

제1판 제1쇄 2018년 12월 19일

ISBN 978-89-320-3484-3 04830
ISBN 978-89-320-1246-9 (세트)

이 도서의 국립중앙도서관 출판예정도서목록(CIP)은 서지정보유통지원시스템 홈페이지(http://seoji.nl.go.kr)와
국가자료공동목록시스템(http://www.nl.go.kr/kolisnet)에서 이용하실 수 있습니다.
(CIP제어번호: CIP2018039701)

이 책은 대산문화재단의 외국문학 번역지원사업을 통해 발간되었습니다.
대산문화재단은 大山 愼鏞虎 선생의 뜻에 따라 교보생명의 출연으로 창립되어
우리 문학의 창달과 세계화를 위해 다양한 공익문화사업을 펼치고 있습니다.

차례

일러두기

1. 이 책은 江戶川亂步의 『パノラマ島綺譚』(東京: 角川書店, 2016)과 『人間椅子』(東京: 角川書店, 2016)에서 각 표제작을 우리말로 옮긴 것이다.
2. 본문의 주는 모두 옮긴이의 것이다.

파노라마섬 기담

1

같은 M현(縣)에 사는 사람도 대부분은 모를 겁니다. 태평양 쪽으로
I만(灣)이 펼쳐진 S군(郡) 남단에 다른 섬들과는 뚝 떨어진 작은 섬 하
나가 있다는 사실을요. 직경 8킬로미터가 채 되지 않는 그 섬은 꼭 초
록색 만두를 엎어놓은 듯한 형상입니다. 지금은 무인도나 마찬가지라
근처 어부들이 이따금 올라와볼 때 말고는 아무도 관심을 두지 않습니
다. 게다가 곶의 돌출부로 몰아치는 거친 바다에 고립되어 있어서 물결
이 웬만큼 잔잔하지 않으면 조그만 고기잡이배로는 접근하기조차 위험
천만합니다. 물론 위험을 무릅쓰면서까지 갈 만한 곳도 아니지만요. 주
민들은 흔히 '먼바다섬'이라고 부릅니다. 언제부터인지는 몰라도 이 섬
전체는 M현에서 제일가는 부자인 T시(市)의 고모다(菰田) 가문 소유였
습니다. 예전에는 고모다 가문이 부리는 어부들 중 호기심 많은 무리가
오두막을 지어놓고 살기도 했고, 그물을 말리거나 헛간처럼 쓰기도 했
는데, 몇 년 전 그것들이 남김없이 철거되더니 어느 날 갑자기 섬에서
심상찮은 작업이 벌어졌습니다. 몇십 명에 이르는 토목 인부와 정원사

들이 전용 모터보트를 타고 날마다 섬으로 모여들었습니다. 어디에서 가져오는지 온갖 기암괴석과 정원수, 철골과 목재, 어마어마한 숫자의 시멘트 통 따위를 끊임없이 섬으로 날랐습니다. 그리하여 거친 바다 위의 외딴섬에서 토목 공사인지 정원 공사인지도 가늠하기 어려운 목적 불명의 공사가 시작되었습니다.

　먼바다섬이 속한 S군은 국유 철도는 물론이고 사설 경편 철도(輕便鐵道)도 없는 오지인 데다 당시에는 승합차조차 다니지 않았습니다. 먼바다섬 쪽 해안에는 백 가구도 되지 않는 작은 어촌이 여기저기 흩어져 있었고, 마을과 마을 사이에는 사람이 다니지 않는 절벽이 우뚝우뚝 솟아 있었습니다. 한마디로 문명과 동떨어진 벽촌이었습니다. 난데없이 그런 대공사가 시작되었음에도 그 소문은 옆 마을로 간간이 전해졌을 뿐, 섬에서 멀어질수록 시중에 떠도는 잡설처럼 흐지부지되고 말았습니다. 한번은 이웃 도시에 그 소식이 들어갔지만 기껏해야 지방 신문 사회면에 실린 게 고작이었습니다. 만약 이 일이 도시 인근에서 벌어졌다면 적잖은 화제를 불러 모았을 게 틀림없습니다. 누가 봐도 뚱딴지같은 공사였으니까요.

　예상대로 근처 어부들은 수상쩍다는 기색을 숨기지 않았습니다. 도대체 왜, 무슨 목적으로 사람도 살지 않는 저 작은 섬에 막대한 비용을 들여 땅을 파고, 수목을 심고, 담을 쌓고, 집을 짓는 걸까. 설마 고모다 가문 사람들이 재미 삼아 저 작고 불편한 섬에서 살려는 건 아닐 테고, 그렇다고 저런 외딴섬에 유원지를 조성할 리도 없었습니다. 혹시 고모다 가문의 주인이 미친 게 아니냐며 쑥덕거렸습니다. 하긴 그럴 만도 했습니다. 고모다 가문의 주인은 얼마 전에 한 번 죽었다가 되살아난 적이 있으니까요. 간질을 앓다가 병세가 나빠져 세상을 뜬 뒤 일대에 소문이 자자하리만큼 성대하게 장례까지 치렀건만 놀랍게도 그가 버젓이 되살아난 것입니다. 그런데 다시 살아난 다음부터 성격이 돌변하여 때때로 비상식적이고 광기 어린 행동을 일삼는다는 소문이 인근 어부들에게까지 전해졌습니다. 이번 공사도 그런 괴벽 탓이 아니겠냐는 의심을 샀습니다.

　사람들의 의혹 속에서도 이 정체 모를 공사는 고모다 가문 주인의 진두지휘 아래 순조롭게 진척되었습니다. 그럼에도 도시로 소문이 퍼질 만큼 큰 화제를 모으지는 못했습니다. 서너 달이 지나자 섬 전체를 둘러싸고 흡사 만리장성을 연상케 하는 기묘한 토담이 세워졌습니다. 그 안쪽에는 연못과 강, 언덕, 골짜기가 생겼으며 심지어 한가운데에는 철근 콘크리트로 만든 기이한 건물까지 지어졌습니다. 그 광경이 얼마나 기괴천만하며 더없이 웅장하고 화려했는지는 먼 훗날 다시 이야기할 기회가 있을 테니 지금은 넘어가지요. 그나저나 만약 끝까지 다 지어졌다면 얼마나 멋졌을까요. 안목이 있는 사람이라면 지금 저 반쯤 황무지로 변한 먼바다섬의 풍경만 봐도 충분히 짐작하고 남을 것입니다. 그러나 불행하게도 이 대공사는 완공을 눈앞에 두고 뜻밖의 암초에 부딪혀 좌초하고 말았습니다.

　그 이유를 자세히 아는 사람은 극히 일부에 지나지 않습니다. 무슨 까닭에선지 모든 과정이 비밀리에 이루어졌기 때문입니다. 공사의 목적이나 성질, 실패한 원인까지도 하나같이 수많은 의혹만 남긴 채 어둠 속에 묻혔습니다. 다만 외부로 알려진 사실은 공사가 좌초한 시기를 전후하여 고모다 가문의 주인과 그의 부인이 세상을 떴고, 불행히도 슬하에 자식이 없었던 탓에 지금은 친척이 가문의 대를 이어 상속을 받았다는 것 정도였습니다. 주인 내외의 사인을 놓고도 소문이 무성했지만,

어느 하나 뚜렷한 증거가 없었기에 전부 소문에 그쳤습니다. 경찰의 주의를 끌지 못했음은 말할 것도 없습니다. 섬은 그 뒤로도 계속해서 고모다 가문의 소유지였지만, 황무지로 변한 채 찾아오는 이 하나 없이 방치되었습니다. 인공 숲과 삼림지, 화원은 원래의 모습을 잃고 온통 잡초로 뒤덮였습니다. 철근 콘크리트로 만든 기괴한 대형 원기둥들은 비바람을 맞아 이제 형체조차 알아보기 힘들었습니다. 수목과 석재 등도 엄청난 비용을 들여 섬까지 날라 왔지만, 되팔기 위해 도시로 옮기자면 더욱 큰 비용이 들 게 뻔하므로 나무 한 그루, 돌 하나조차 옮기지 않고 황폐해지도록 내버려두었습니다. 만약 여러분이 지금이라도 험난한 여정을 감수해가며 M현 남단을 찾아와 거친 바다를 헤치고 먼바다섬에 오른다면 기상천외한 인공 경관의 흔적을 발견할 수 있을 것입니다. 언뜻 보기에는 드넓은 정원에 지나지 않지만, 분명히 그 광경에서 무언가 터무니없는 계획이나 예술적 정취를 느끼는 이도 있을 것입니다. 그와 동시에 섬 일대에 감도는 원한이나 영묘한 기운에 사로잡혀 전율을 금치 못할 것입니다.

실제로 그곳에는 도저히 믿기 어려운 이야기 하나가 전해집니다. 그 이야기의 일부는 고모다 가문과 접촉하던 사람들 사이에서는 이미 공공연한 비밀로 통했지만, 가장 중요한 부분은 기껏해야 두세 사람만 아는 참으로 불가사의한 이야기입니다. 만약 여러분이 제가 하는 말을 믿어주신다면, 그리고 이 황당무계한 이야기를 끝까지 들어주신다면, 이제부터 그 비밀 이야기를 시작해볼까 합니다.

2

이야기는 M현과는 한참 떨어진 도쿄(東京)에서 시작됩니다. 도쿄 야마노테(山の手) 지역*의 어느 대학가에 누가 봐도 살풍경한 느낌이 물씬 풍기는 우애관(友愛館)이라는 하숙집이 있었습니다. 그리고 그중에서도 가장 을씨년스러운 방에 히토미 히로스케(人見廣介)라는 별난 남자가 살았습니다. 서른은 족히 넘어 보이는데도 행색은 학생인지 건달인지 구별이 가지 않을 정도로 남루했습니다. 히로스케는 먼바다섬의 대공사가 시작되기 5, 6년 전 어느 사립 대학교를 졸업했지만 그 뒤로 직장도 구하지 않고 허송세월했습니다. 그렇다고 안정적인 수입원이 있지도 않았으므로 하숙집이나 친구네 집을 전전하며 생활하다가 마지막으로 흘러든 곳이 바로 이 우애관이었습니다. 이곳에서 앞서 말한 그 대대적인 토목 공사가 시작되기 약 1년 전까지 지냈습니다.

히로스케는 스스로를 철학과 출신이라고 말하고 다녔지만, 철학 강의를 들었는가 하면 그렇지는 않습니다. 때로는 문학에 심취하여 문학 서적들을 뒤적이고, 때로는 난데없이 건축과 강의실에 뻔질나게 드나들며 청강을 하는가 하면, 사회학이나 경제학에 관심을 가지거나 유화 도구를 사들여 화가 흉내를 내기도 했습니다. 쓸데없이 관심 분야만 많고 쉽게 싫증을 내는 성격이라 딱히 내세울 만큼 능통한 과목은 없었습니다. 무사히 학교를 졸업했다는 사실이 신기할 정도였습니다. 그러니 만약 히로스케가 학교에서 배운 게 있다면 그것은 결코 정도(正道)의 학문은 아니었을 겁니다. 이를테면 기묘하게 한쪽으로 치우친 사도(邪道)

---

* 도쿄 분쿄(文京)구와 신주쿠(新宿)구 일대를 포함한 고지대 지역.

의 학문이었겠지요. 이 점이 바로 학교를 졸업하고 5, 6년이 지나도록 취직도 못한 채 빌빌거리는 이유였습니다.

무엇보다 히토미 히로스케는 스스로 직장을 얻어 남들처럼 평범하고 착실하게 생활을 영위하겠다는 마음가짐이 없었습니다. 사실 히로스케는 세상을 제대로 경험하기도 전부터 세상에 신물을 느꼈습니다. 선천적으로 몸이 병약했던 탓일까요. 아니면 청년기부터 신경쇠약에 시달렸기 때문인지도 모릅니다. 어떤 일에도 의욕이 생기지 않았습니다. 세상만사는 그저 머릿속으로 상상하면 충분했습니다. 모든 일이 시시하게만 느껴졌습니다. 히로스케는 매일같이 지저분한 하숙집에 틀어박혀 현실에서는 누구도 일찍이 경험해본 적 없는 자신만의 꿈에 사로잡혀 있었습니다. 요컨대 히로스케는 극단적인 몽상가였습니다.

그렇다면 히로스케는 모든 세상사를 내팽개친 채 대체 무슨 꿈을 꾸었을까요? 바로 그의 이상향이자 무하유지향*을 하나부터 열까지 꼼꼼히 설계하는 일이었습니다. 그는 학창 시절부터 플라톤 이래 몇십 가지나 되는 이상국가론과 무하유지향 이야기를 탐독했습니다. 그 책의 저자들은 결코 실현하지 못할 그들의 몽상을 문자의 힘을 빌려 세상에 내놓음으로써 얼마간 마음의 위안을 얻었습니다. 그 기분을 상상하고 일종의 공명을 느끼며 히로스케 자신도 조금이나마 위로를 받았습니다. 히로스케는 그 책들 가운데서도 정치나 경제의 관점에서 피력한 이상향에는 거의 무관심했습니다. 그의 마음을 사로잡은 것은 지상 낙원으로서의 미(美)의 나라, 꿈의 나라로서의 이상향이었습니다. 따라

---

* 無何有之鄕: 사람이 전혀 손대지 않은 자연 그대로의 낙토(樂土). 『장자』의 「소요유(逍遙遊)」편에 나오는 말로 장자가 말한 이상향이다.

서 카베*의 『이카리아 여행기』보다는 모리스**의 『유토피아에서 온 소식』이, 모리스보다는 에드거 앨런 포***의 「아른하임의 영토」가 더욱 그를 매혹했습니다.

히로스케의 유일한 몽상은 대자연의 산천초목, 이를테면 돌 하나, 나무 한 그루, 꽃 한 송이는 물론 그 사이에서 노니는 새와 짐승, 벌레에 이르기까지 생동하며 시시각각 나고 자라는 생물체를 재료 삼아 가없이 넓은 하나의 예술을 창조하는 일이었습니다. 마치 음악가가 악기로, 화가가 캔버스와 물감으로, 시인이 문자로 온갖 예술을 창조하듯이 말이지요. 신이 만든 대자연에 만족하는 대신 자기 개성대로 자유자재로 바꾸고 미화하여 자신만의 위대한 예술적 이상을 표현하고자 했습니다. 바꿔 말하면 스스로 신이 되어 자연을 새로 만들어내기를 꿈꿨습니다.

히로스케는 예술이란 보기에 따라서는 자연에 대한 인간의 저항이라고 생각했습니다. 주어진 것에 만족하지 않고 각자의 개성을 부여하려는 욕구의 발로인 셈입니다. 가령 음악가는 천연의 바람 소리나 파도 소리, 새나 짐승의 울음소리에 만족하지 못하고 그들 스스로 소리를 창조하려 애씁니다. 화가는 모델을 있는 그대로 그려내는 것이 아니라 그들 자신의 개성에 따라 바꾸고 미화하며, 시인 역시 단순히 사실을 보

* 에티엔 카베Étienne Cabet(1788~1856): 프랑스의 공상적 사회주의자. 공업과 농업을 결합한 자급자족 공동체 '이카리아'를 묘사한 소설 『이카리아 여행기』를 썼다.
** 윌리엄 모리스William Morris(1834~1895): 영국의 디자이너, 공예가, 시인, 소설가, 사회주의자. 『유토피아에서 온 소식』은 꿈에서 본 22세기 런던의 유토피아적 모습을 그린 장편소설이다.
*** Edgar Allan Poe(1809~1894): 미국의 작가, 편집자, 비평가. 19세기 미국 문학을 대표하는 작가이자 추리소설의 창시자. 「아른하임의 영토」는 온갖 조원술을 동원해 만든 지상낙원 '아른하임'을 소재로 한 단편소설이다.

도하거나 기록하는 사람이 아님은 말할 것도 없습니다. 그런데도 이러한 이른바 예술가들은 간접적이고 비효율적이며 번거로운 수단만으로 만족합니다. 어째서 그들은 대자연에 착안하지 않을까요. 어째서 직접 대자연을 악기로, 물감으로, 문자로 구사하지 않을까요. 조원술(造園術)과 건축술이 실제에 가깝게 자연을 구사하고, 바꾸고, 미화함으로써 그것이 불가능하지 않다는 사실을 증명해주는데 말입니다. 어째서 음악과 그림, 시를 좀더 예술적이고 폭넓게 펼쳐내지 못하는가라는 의문이 들었습니다.

이런 이유로 히로스케는 앞서 말한 여러 유토피아 이야기나 작위적인 말장난보다는 좀더 실제적이며 자신과 같은 이상을 어느 정도 실현한 듯이 보이는 옛 제왕들—주로 폭군들—의 눈부신 업적에 몇 배는 더 매료되었습니다. 예컨대 이집트의 피라미드나 스핑크스, 그리스와 로마의 성곽 혹은 종교로 결집된 대도시, 중국의 만리장성과 아방궁, 일본 아스카 시대 이후 불교문화를 대표하는 대건축물인 금각사(金閣寺)나 은각사(銀閣寺) 등을 창조한 영웅들이 꿈꾸었던 유토피아를 상상할 때 단순히 건축물이 주는 감흥 이상으로 히토미 히로스케의 가슴은 두방망이질 쳤습니다.

'만일 내게 억만금이 생긴다면?'

어느 유토피아 작가가 쓴 저서의 제목처럼 히토미 히로스케도 항상 이렇게 탄식했습니다.

'만일 내가 평생 써도 모자랄 정도로 많은 돈을 손에 넣는다면⋯⋯ 우선 광대한 대지를 사들일 텐데. 어디가 좋을까. 수백 수천 명의 사람을 부려 내가 늘 꿈꿔온 지상낙원이자 미의 나라, 꿈의 나라를 만들어 보이겠어.'

16

이건 이렇게 하겠다는 둥 저건 저렇게 하겠다는 둥 마음껏 상상의 나래를 펼치더니 결국에는 자신의 머릿속에다 완전한 이상향을 구축해 내고야 말았습니다.

그러나 정신을 차리고 보면 꿈속에서 그려낸 이상향은 한낱 백일몽이요, 공중누각에 지나지 않았습니다. 현실의 히로스케는 처량하기 그지없어서 하루하루의 생활도 여의치 않은 일개 가난한 학생일 뿐이었습니다. 더군다나 그의 수완으로는 평생을 바쳐 죽도록 일해봐야 겨우 몇만 엔도 모으기 힘들 지경이었습니다.

결국 히로스케는 꿈만 꾸는 남자였습니다. 평생을 그렇게 꿈속에서 천상의 아름다움에 취해 살았지만 그의 현실은 더없이 비참한 대조를 이루었습니다. 다다미 넉 장 반짜리밖에 안 되는 더러운 하숙방에서 뒹굴며 따분한 나날을 보내야 했지요.

보통 몽상가 기질의 사내라 하면 예술에 심취하여 거기서 작게나마 안식처를 발견하기 마련인데, 불행히도 히로스케는 예술적 성향을 가지기는 했지만 지독한 현실주의자여서 몽상 말고는 어떤 예술에도 흥미를 느끼지 못할뿐더러 재능조차 없었습니다.

만약 히로스케의 꿈이 이루어지기만 한다면 그것은 분명히 세상에 유례없는 대사업이자 예술의 최고 경지일 겁니다. 그런 까닭에 한번 몽상에 빠진 그는 이제 세상의 어떤 사업이나 오락, 심지어는 예술에서도 아무런 가치를 찾을 수 없었고 하찮게만 보였습니다.

그렇지만 그처럼 세상만사에 심드렁한 히로스케일지라도 먹고살려면 얼마간 일을 해야 했습니다. 학교를 졸업한 뒤로 값싼 번역 일을 하청받아 하기도 하고, 동화나 드물게는 성인소설을 써서 여기저기 잡지사에 팔아 근근이 입에 풀칠을 했습니다. 그래도 처음에는 예술에 약간이나마 흥미가 있어서 옛날 유토피아 작가들처럼 자신의 몽상을 이야기 형태로 써서 발표하기도 했습니다. 그런 일에서 적잖은 위안을 얻었기에 한동안은 열심히 글을 썼습니다. 하지만 번역문은 둘째 치고, 그의 창작물에 대한 잡지사의 반응은 이상하게도 영 신통치가 않았습니다. 그도 그럴 것이 자신이 생각하는 무하유지향을 아주 세세하게 묘사한 데 불과했기 때문입니다. 다시 말해 자기만족에 사로잡힌 지루하기 짝이 없는 글이었으므로 그리 이상한 일도 아니었습니다.

이런 이유로 기껏 공들여 쓴 창작물이 잡지 편집자에게 퇴짜 맞기 일쑤였던 데다 그의 기질이 그저 문자 놀이 정도로 만족하기에는 너무 탐욕스러웠기에 소설 쪽에서는 도무지 성과를 내지 못했습니다. 그렇다고 소설 쓰기를 그만둬버리면 당장 그날 먹고살기도 벅찼기에 마지못해 삼류 밑바닥 작가 생활을 이어갔습니다.

히로스케는 한 장에 50전짜리 원고를 쓰면서도 짬짬이 자신이 꿈꾸는 몽상 세계의 겨냥도나 그곳에 지을 건축물의 설계도 따위를 몇 장이고 그렸다가 찢어버리곤 했습니다. 그러면서 자신의 몽상을 계획대로 실현한 옛 제왕들의 공적을 하염없이 부러워하며 상상하곤 했습니다.

3

히토미 히로스케가 그처럼 아무 보람 없이 하루하루를 보내던 어느 날이었습니다. 앞서 말한 외딴섬에서 대대적인 토목 공사가 시작되기 1년쯤 전의 일입니다. 뜻밖에도 히로스케에게 실로 어마어마한 행운이 찾아오면서 이야기가 시작됩니다. 그것은 행운이라는 한마디 말로는 표현하기 어려울 정도로 기괴하기 그지없어서 오히려 무섭기까지 했지만 한편으로는 동화처럼 매혹적이었습니다. 그 희소식(?)을 접한 히로스케는 곧바로 어떤 생각을 머리에 떠올리고는 지금껏 누구도 경험해보지 못한 기묘한 환희를 맛보았습니다. 그리고 다음 순간에는 자신이 얼마나 무시무시한 상상을 했는지 깨닫고 이가 덜덜 떨릴 정도의 전율을 느꼈습니다.

그 소식을 전해준 이는 대학 동기인 신문기자였는데, 어느 날 오랜만에 히로스케의 하숙집을 찾아와 불쑥 그 이야기를 꺼냈습니다. 물론 다른 이야기를 하다가 별생각 없이 입 밖에 낸 것이었습니다.

"참, 아직 모르지? 자네 형 말이야. 바로 2, 3일 전에 죽었어."

"뭐, 뭐라고?"

히토미 히로스케는 친구의 엉뚱한 말에 자기도 모르게 이렇게 되물었습니다.

"왜, 있잖아. 옛날에 유명했던 자네 반쪽 말이야. 쌍둥이 형제. 고모다 겐자부로(菰田源三郎)."

"아, 겐자부로! 그 부잣집 겐자부로가 죽었다고? 정말 뜻밖이군. 대체 무슨 병으로 죽었대?"

"그 지역 통신원이 원고를 보내왔는데 그 녀석, 지병으로 간질을 앓다가 그리됐다나 봐. 발작을 일으켰는데 회복하지 못한 모양이야. 아직 마흔도 안 됐는데 불쌍하게 됐어."

신문기자 친구는 이렇게 덧붙였습니다.

"그나저나 나는 새삼 놀랐다니까. 세상에 이렇게 닮을 수가 있나. 자네와 겐자부로 말이야. 원고와 함께 겐자부로의 최근 사진을 넣어 왔더라고. 그걸 보니 벌써 5, 6년이나 흘렀는데 자네들은 학창 시절보다도 더 닮았더군. 사진의 콧수염을 손가락으로 가리고 거기에 자네처럼 안경만 씌우면 영락없이 같은 사람이라고."

이 대화를 통해 독자 여러분은 무엇을 상상하셨나요? 맞습니다. 가난한 학생 히토미 히로스케와 M현에서 제일가는 부자 고모다 겐자부로는 대학 동기였습니다. 게다가 신기하게도 두 사람은 다른 학생들이 쌍둥이라는 별명을 붙일 정도로 얼굴 생김새부터 체격, 목소리에 이르기까지 그야말로 판박이였습니다. 두 사람은 나이가 달랐기 때문에 동기들은 고모다 겐자부로를 쌍둥이 형, 히토미 히로스케를 동생이라 부르며 틈만 나면 두 사람을 놀렸습니다. 그때마다 두 사람은 놀림을 받아도 할 말이 없을 만큼 자신들이 닮았다는 사실을 인정해야 했습니다. 세상에 닮은 사람은 많지만 이 두 사람처럼 쌍둥이도 아닌데 쌍둥이라고 착각할 정도로 닮은 경우는 드물었으니까요. 그 사실이 훗날 놀라운 변괴를 낳았다고 생각하면 그 기이한 인연에 절로 몸서리가 쳐집니다.

두 사람 다 학교에 얼굴을 자주 비치지 않았기에 서로 만날 기회는 많지 않았습니다. 게다가 히토미 히로스케는 가벼운 근시가 있어서 노상 안경을 쓰고 다녔습니다. 혹여 만난다 해도 한쪽은 안경을 쓰고 있어서 멀리서 보아도 쉽게 구별되었기 때문에 딱히 별난 일화는 생기지 않았습니다. 하지만 짧지 않은 대학 시절 동안 웃음거리가 된 적이 한두 번이 아니었을 만큼 두 사람은 꼭 닮았습니다.

이른바 쌍둥이의 반쪽이 죽었다니 히토미 히로스케로서도 다른 동창의 부고를 들었을 때보다는 다소 충격이 컸습니다. 그렇지만 히로스케는 닮아도 너무 닮아서 자신의 그림자처럼 느껴지는 겐자부로에게 오히려 혐오감을 품었을 정도라 당연히 슬프지도 않았습니다. 그럼에도 이 사건은 어딘지 모르게 히토미 히로스케의 마음을 자극하는 구석이 있었습니다. 슬픔이라기보다는 놀라움, 놀라움이라기보다는 묘하게 불길하고 정체를 알 수 없는 예감 같은 것이었습니다.

그 감정이 무엇인지는 신문기자 친구가 그 뒤로도 한참 동안 별의별 잡담을 늘어놓고 돌아가기 전까지 전혀 알 수 없었습니다. 그런데 친구가 돌아가고 이상하게 머릿속을 떠나지 않는 겐자부로의 죽음에 관해 혼자 이런저런 생각을 한 지 오래지 않아 어떤 터무니없는 공상이 마치 소나기구름이 퍼지듯 빠르고 불길하게 그의 머릿속에 가득 피어올랐습니다. 히로스케는 퍼렇게 질린 얼굴로 이를 악물었지만 끝내는 와들와들 떨며 오래도록 꼼짝 않고 한곳에 앉아 점점 뚜렷하게 정체를 드러내는 생각을 주시했습니다. 너무 무서워서 자꾸자꾸 떠오르는 묘책을 내리누르려고 애썼지만, 멈추기는커녕 억누르면 억누를수록 선명하고 화려한 만화경(萬華鏡)을 보듯 그 몹쓸 계략의 장면 하나하나가 환상처럼 눈앞에 펼쳐졌습니다.

4

히로스케가 그와 같은 전대미문의 흉계를 꾸미기까지는 중대한 동기가 하나 있었습니다. M현에서도 고모다 가문이 있는 지방은 일반적으로 장례를 화장으로 치르지 않았고 더군다나 고모다 가문 같은 상류계급은 더더욱 화장을 꺼려 반드시 매장을 한다는 점이었습니다. 그 사실은 대학 재학 시절 겐자부로에게 들어 익히 알고 있었습니다. 또 하나는 겐자부로의 사인이 간질로 인한 발작이라는 점이었습니다. 이 소식을 들었을 때 히로스케의 머릿속에 불현듯 어떤 기억이 떠올랐습니다.

다행인지 불행인지 히토미 히로스케는 예전부터 하르트만,* 부쉬,** 켐프너*** 같은 사람들이 쓴 죽음에 관한 책을 탐독해왔기 때문에 가사(假死) 상태의 매장에 관해서는 꽤 많은 지식을 갖고 있었습니다. 따라서 간질로 인한 사망이란 몹시 불확실하여 여차하면 환자를 생매장할 위험이 따른다는 사실도 잘 알았습니다. 독자 여러분 중에도 아마 포의 「때 이른 매장」이라는 단편소설을 읽어본 분이 많을 겁니다. 그러니 가사 상태의 매장이 얼마나 무서운 일인지도 잘 아시리라 생각합니다.

"산 채로 땅에 묻힌다는 것은 일찍이 인류의 운명 위에 일어난 극단적인 불행(성 바르톨로메오의 학살****을 비롯한 역사상 전율할 사건) 중에서도 의심할 여지 없이 가장 무시무시한 일이다. 그리고 이런 일이 자주, 그것도 굉장히 자주 이 세상에서 일어난다는 사실은 조금만 사정을 아는 사람이라면 부정하기 어렵다. 삶과 죽음을 가르는 경계는 그림자처럼 막연할 뿐이다. 어디서 삶이 끝나고 어디서 죽음이 시작되는지 어느 누가 정할 수 있으랴. 어떤 질병은 생명의 외부적 기관이 일제히 멈추어버리기도 한다. 이때 멈추었다 함은 단순한 중지이다. 우리의 능력으로는 이해하기 어려운 생체 구조의 일시적 정지에 지나지 않는다. 따라서 시간이 지나면(그것은 몇 시간일 수도 있고, 며칠일 수도 있으며, 몇십 일일 수도 있다) 눈에 보이지 않는 불가사의한 힘이 작용해 작은 톱니바퀴, 큰 톱니바퀴가 마법처럼 다시 돌아가기 시작한다."

---

* 프란츠 하르트만Franz Hartmann(1838~1912): 독일의 의사, 신비학자, 점성술사.
** 외젠 부쉬Eugène Bouchut(1818~1891): 프랑스의 의사.
*** 프리데리케 켐프너Friederike Kempner(1836~1904): 독일계 유대인 시인.
**** 성 바르톨로메오의 학살Massacre de la Saint-Barthélemy: 1572년 8월 프랑스 파리에서 가톨릭교도가 프로테스탄트를 대량으로 학살한 사건.

간질이 그러한 질병 중 하나라는 사실은 여러 책에 나오는 사례만 보아도 확실히 알 수 있었습니다. 이를테면 예전에 미국 '생매장방지협회'가 발표한 선전문을 보면 가사 상태를 일으키기 쉬운 몇 가지 질병 가운데 분명 간질이라는 항목이 포함되어 있었다는 것을 히로스케는 무슨 까닭인지 똑똑히 기억했습니다.

히로스케는 가사 상태의 매장에 관한 수많은 사례를 읽으면서 얼마나 기묘한 느낌을 받았는지 모릅니다. 그 형언할 수 없는 느낌에 비해 공포라든가 전율이라는 말은 너무 상투적이고 평범하게 여겨질 정도였습니다. 예컨대 어느 임신부가 때 이르게 매장을 당했다가 무덤 안에서 되살아난 뒤 어둠 속에서 아이까지 낳아 울어젖히는 핏덩이를 안고 고통 속에 죽어갔다는 이야기(그녀는 나오지 않는 젖을 핏덩이 갓난아이의 입에 물렸을지도 모릅니다)가 뇌리에 깊이 박혀 기억에서 사라지지 않았습니다.

그런데 간질이 그런 위험을 수반하는 질병이라는 사실을 히로스케는 어째서 그렇게 분명히 기억했을까요. 히토미 히로스케 자신은 조금도 눈치채지 못했겠지만 인간의 심리는 여간 무서운 요물이 아닙니다. 그런 책들을 읽으면서 쌍둥이의 반쪽이라고 불릴 만큼 자신을 빼다 박은 겐자부로가, 그것도 엄청난 부자 겐자부로가 역시 간질을 앓는다는 사실을 은연중에 의식했다고 봐야 옳을 겁니다. 앞서 말했듯이 걸핏하면 온갖 망상에 빠져드는 타고난 몽상가 히토미 히로스케가 비록 확실히 의식하진 못했어도 거기에 생각이 미치는 건 당연했습니다.

만약 그렇다면 여러 해 전에 히로스케의 마음속에 은밀하게 뿌리내린 씨앗이 겐자부로의 죽음을 알게 된 지금에야 비로소 확실히 형체를 드러냈다고 봐도 좋을 것입니다. 더욱 분명한 사실은 그날 밤 온몸에 식은땀을 흘리며 자리에 눕지도 못하고 앉아서 하얗게 지새우는 동안 처음에는 마치 동화 속 이야기나 꿈처럼 여겨졌던 그 가공할 흉계가 조금씩 현실의 빛깔을 띠기 시작하더니 마침내는 행동에 옮기기만 하면 쉽게 이룰 수 있는 지극히 당연한 일처럼 느껴졌다는 점입니다.

'내가 미쳤지. 아무리 나와 그 녀석이 닮았기로서니 그런 터무니없는 생각을 하다니…… 터무니없는 것도 정도가 있지. 인류 역사상 이렇게 얼빠진 생각을 한 사람이 나 말고 또 있을까. 흔히 추리소설 같은 데서 쌍둥이 중 한 명이 다른 한 명으로 변장해서 1인 2역을 한다는 이야기는 읽었지만, 그조차 실제 세계에서는 결코 존재하지 않는 일이다. 하물며 지금 내가 생각하는 흉계는 얼마나 미치광이 같은 망상인가. 히로스케, 쓸데없는 생각 집어치워. 너는 네 분수에 맞게 평생 실현될 리 없는 유토피아나 꿈꾸라고!'

마음속으로 몇 번이고 그렇게 되뇌며 무시무시한 망상을 떨쳐내려고 애썼지만, 언제 그랬냐는 듯 금방 이런 생각이 고개를 들었습니다.

'그런데 생각해보면 이처럼 손쉽고 완벽한 계획이 또 있을까. 조금 힘들고 위험하기는 해도 만에 하나 성공만 한다면 네가 그토록 열망하고 오랜 세월 바라마지않던 너의 몽상 세계를 이루는 데 필요한 자금을 단숨에 손에 넣을 수 있어. 그 쾌감과 환희를 어디에 비할까. 어차피 질릴 대로 질린 세상이잖은가. 희망도 없는 인생이고. 설사 그 때문에 목숨을 잃는다 해도 아까울 것 하나 없다고. 하지만 사실은 목숨을 잃기는커녕 누구를 해치거나 세상을 어지럽히는 악행도 아니잖아? 그저 나라는 존재를 깨끗이 지워버리고 고모다 겐자부로의 대역 노릇만 하면 돼. 그다음에는 지금껏 그 누구도 감히 시도한 적 없는 일을 하는 거야. 자연을 개조하고 새로운 풍경을 만들어내는 일을. 입이 떡 벌어지게 커다란 예술품 하나를 만들어내는 것이다. 지상낙원을 창조하는 것이다. 거리낄 이유가 뭐 있겠어? 게다가 겐자부로의 유족 입장에서도 죽은 줄 알았던 가장이 살아 돌아오는데 백번 반길 일이지 결코 원망할 일이 아니잖아? 너는 고약한 악행이라고 생각하지만 이렇게 하나하나 결과를 따져보면 악행이 아니라 오히려 선행이라고.'

그렇게 꿰어 맞추고 보니 과연 논리 정연해서 실행 중 파탄에 이를 염려도 없거니와 양심의 가책을 느낄 필요도 없었습니다.

이번 계획을 실행하는 데 있어 무엇보다 하늘이 도운 점은 고모다 겐자부로는 부모님이 이미 돌아가신 터라 가족이라고는 젊은 아내 하나뿐이고 그 밖에는 고용인 몇 명밖에 없다는 사실이었습니다. 여동생이 하나 있기는 했지만 도쿄의 한 귀족에게 시집을 간 뒤였습니다. 워낙 큰 부잣집이다 보니 고향에도 많은 친척이 있기 마련이겠지만 그들이 죽은 겐자부로와 똑 닮은 히토미 히로스케라는 남자의 존재를 알 리도 없거니와, 어쩌다가 소문을 들었다 할지라도 설마 이 정도로 닮을 줄은 상상도 못할 테지요. 더욱이 그 남자가 겐자부로의 대역으로 등장하리라고는 꿈에도 생각지 못할 겁니다. 게다가 무슨 조화인지 히로스케는 연기에 타고난 재능이 있었습니다. 단 한 사람 두려운 존재는 겐자부로의 버릇을 속속들이 알고 있을 그의 아내였습니다. 하지만 이 또한 부부끼리의 대화를 되도록 피하며 조심만 한다면 아마 눈치채지 못할 겁니다. 더구나 한 번 죽은 사람이 살아 돌아왔으니 용모나 성질이 다소 바뀌었더라도 변고를 겪은 탓이라고 여기면 그다지 이상한 일도 아니었습니다.

히로스케는 점점 더 미세한 부분까지 파고들며 궁리를 짜냈습니다. 자질구레한 사항들을 이리저리 따져보는 사이에 그의 대대적인 계획은 점점 더 현실성과 가능성을 띠었습니다. 남은 것은 무슨 수로 자신의 존재를 감쪽같이 없애버리느냐, 또 무슨 수로 겐자부로의 환생을 그럴 듯하게 꾸미느냐, 그러기 위해서 진짜 겐자부로의 시체를 어떻게 처리할 것이냐 하는 점이었습니다. 이런 점들이 그의 계획에서 가장 큰 난관이기도 했습니다.

이같이 무시무시한 악행(스스로 어떻게 변호하든 간에)을 꾀할 정도이니 히로스케는 태어날 때부터 간교한 지혜에 능했다고 보아야겠지요. 강한 집념으로 한 가지 일을 끝까지 물고 늘어지자 가장 곤란했던 부분들도 쉽게 해결되었습니다. 이만하면 됐다 싶었을 때도 그는 다시 한번 자신의 생각을 되짚어가며 미세한 부분까지 확인했습니다. 드디어 한 치의 빈틈도 없다는 판단이 서자 이제 마지막으로 계획을 실행할지 말지 큰 결심을 해야 할 순간이 왔습니다.

5

온몸의 피가 머리에 몰린 듯해서 자신의 계획이 얼마나 무시무시한지를 따질 겨를도 없었습니다. 거의 하루 밤낮 동안 계획의 실행 여부를 놓고 고심을 거듭한 끝에 결국 히로스케는 그것을 결행하기로 마음먹었습니다. 훗날 돌이켜보니 당시의 감정은 몽유병과 비슷했습니다. 막상 계획을 실행하려는데 이상하게도 공허한 마음이 들었습니다. 그런 중대사를 앞두고도 어쩐지 한가롭게 관광 유람이라도 떠나는 기분이었습니다. 그러면서도 마음 한구석에는 지금 일어나는 일들은 사실 꿈이고, 꿈의 저편에 또 하나의 진짜 세계가 기다리고 있을 거라는 기묘한 기분이 가시지 않았습니다.

앞에서 말했듯이 그의 계획은 크게 두 부분으로 나뉘었습니다. 첫 번째는 자기 자신, 즉 히토미 히로스케라는 인간을 이 세상에서 지워버리는 일이었습니다. 그러기 전에 먼저 가능한 한 빨리 고모다 가문의 저택이 있는 T시에 가서 겐자부로가 매장된 것이 맞는지, 그 묘지에 숨어들기는 어렵지 않은지, 겐자부로의 젊은 아내는 어떤 사람인지, 하인들의 기질은 어떠한지 하는 점들을 한차례 조사해둘 필요가 있었습니다. 그 결과 혹시라도 계획을 망칠 만한 위험이 감지된다면 그때 가서 단념해도 늦지 않았습니다. 아직 되돌릴 여지는 있는 셈입니다.

물론 히로스케가 지금 모습 그대로 T시에 나타나서는 안 될 일이었습니다. 사람들이 그 모습을 보고 히토미 히로스케라고 생각하든 고모다 겐자부로로 오인하든 그의 계획에 치명상이긴 마찬가지였습니다. 따라서 그는 나름대로 변장을 하고 T시로 향하는 첫 여행길에 오르기로 했습니다.

히로스케의 변장 방법은 무척 간단했습니다. 쓰던 안경 대신 아주 커다랗지만 남들 눈에는 잘 띄지 않는 모양의 선글라스를 썼습니다. 한쪽 눈에는 눈썹부터 뺨까지 덮일 만큼 큼직하게 접은 거즈를 대고, 입 속에는 솜을 넣어 볼을 볼록하게 보이게 했습니다. 역시 눈에 잘 띄지 않는 평범한 모양의 콧수염을 붙이고, 머리는 짧게 깎았습니다. 단지 그뿐인데도 효과는 놀라웠습니다. T시로 출발하는 길에 우연히 전철 안에서 친구와 마주쳤을 때조차 전혀 들키지 않았을 정도입니다. 사람의 얼굴에서 가장 눈에 띄고 개성이 잘 드러나는 부분은 두 눈입니다. 그 증거로 손바닥으로 코부터 윗부분을 가렸을 때와 코부터 아랫부분을 가렸을 때의 효과는 천지 차이입니다. 전자는 사람을 잘못 볼지 몰라도 후자는 단박에 그 사람을 알아봅니다. 그래서 그는 우선 두 눈을 가리기 위해 선글라스를 이용했습니다. 그런데 선글라스는 거의 완벽하게 눈의 표정을 가려주는 반면에 어딘지 모르게 수상쩍은 인상을 풍깁니다. 그런 느낌을 없애기 위해 히로스케는 거즈로 한쪽 눈을 가려 눈병환자로 위장했습니다. 이렇게 하면 눈썹과 볼의 일부도 가릴 수 있어 일거양득이기도 했습니다. 이제 머리 모양을 전혀 다르게 바꾸고 복장을 적절히 갖추면 7할 정도는 변장의 목적을 달성한 셈이지만, 히로스케는 더욱 신중에 신중을 기했습니다. 입안에 솜을 넣어 볼에서 턱으로 이어지는 부분의 얼굴선을 바꾸고, 가짜 수염으로 입의 특징을 가렸습니다. 거기에다 걸음걸이만 바꾼다면 히토미 히로스케는 감쪽같이 사라지겠지요. 히로스케는 평소에도 변장에 관해 한 가지 원칙을 갖고 있었습니다. 가발이나 화장품을 사용하는 방법은 번거로울 뿐 아니라 되레 다른 사람의 이목을 끈다는 결점이 있어 결코 실용적이지 않다는 것이었습니다. 대신 이런 간단한 방법을 이용한다면 일본인도 변장이 아주 어렵지는 않다고 믿었습니다.

다음 날 히로스케는 하숙집 카운터에다 사정이 있어서 당분간 방을 비우고 여행을 다녀오겠다, 특별한 행선지가 없는 방랑 여행이지만 우선은 이즈(伊豆)반도* 남쪽으로 가볼까 한다는 말을 남긴 채 작은 짐가방 하나를 들고 출발했습니다. 가는 길에 필요한 물품을 사고 인적 없는 길가에서 앞서 말한 변장을 마치고는 한달음에 도쿄역으로 달려갔습니다. 역에 짐을 맡긴 다음 T시보다 두세 역 앞까지 가는 표를 사서 삼등칸의 인파 속으로 숨어들었습니다.

---

* 시즈오카(静岡)현 동쪽에 있는 반도.

T시에 도착한 히로스케는 날수로는 이틀, 정확히 말하면 꼬박 하루 밤낮을 스스로 정한 원칙대로 기민하게 움직이며 사전 조사를 거친 끝에 마침내 소기의 목적을 달성했습니다. 자세한 내용을 구구절절 설명하자면 너무 장황하니 여기서는 생략하겠지만, 아무튼 조사 결과 그의 계획은 결코 불가능한 일이 아니었습니다.

히로스케가 다시 도쿄역으로 돌아온 때는 신문기자 친구에게 이야기를 전해 들은 날부터 사흘째, 고모다 겐자부로의 장례가 치러진 날부터 엿새째 되는 날 저녁 8시에 가까운 무렵이었습니다. 계획대로라면 늦어도 겐자부로가 죽은 지 열흘 안에는 그를 소생시킬 작정이었으므로 남은 나흘 동안 눈코 뜰 새 없이 바쁘게 움직여야 했습니다. 히로스케는 우선 맡겨놓은 작은 짐가방을 찾아서 구내 화장실에 들어가 변장을 벗고 원래의 히토미 히로스케로 돌아온 다음 그길로 레이간지마* 부두로 갔습니다. 이즈 지방을 지나는 배의 출항 시간은 밤 9시였습니다. 그는 그것을 타고 이즈반도 남쪽으로 갈 예정이었습니다.

여객 터미널 대합실에 뛰어들어가자 배에서는 벌써 승선을 알리는 벨이 울리고 있었습니다. 시모다(下田)항**으로 가는 이등칸 표를 산 뒤 짐가방을 메고 어둑어둑한 부두를 내달렸습니다. 배로 연결된 단단한 발판을 건너 승강구로 들어가자마자 부 하고 출항을 알리는 기적 소리가 들렸습니다.

---

* 靈岸島: 도쿄 주오(中央)구 중부 스미다강 하구에 위치한 동네의 옛 명칭.
** 이즈반도 남동쪽 끝에 위치한 시모다시의 항구.

6

운 좋게도 배 뒷부분에 위치한 다다미 열 장 크기의 이등실에는 승객이 고작 두 명밖에 없었습니다. 게다가 두 사람 다 시골뜨기인지 서지*로 만든 기모노에 서지로 만든 하오리** 차림이었고, 얼굴도 까맣게 그을어 다부져 보였습니다. 그에 반해 머리 회전은 매우 둔감할 것 같은 중년 남자들이었습니다.

히토미 히로스케는 조용히 선실로 들어가 그들과 멀찍이 떨어진 구석에 자리를 잡았습니다. 그러고는 한숨 자야겠다는 듯이 비치된 담요 위에 누웠습니다. 물론 진짜로 자는 게 아니라 등을 돌리고 누워 가만히 두 남자의 동정을 살폈습니다. 쿠르릉거리며 시끄럽게 돌아가는 기계음이 온몸에 울려 퍼지며 신경을 자극했습니다. 철망에 감싸인 희끄무레한 전등 빛을 받아, 누운 히로스케의 그림자가 담요 위에 길게 드리웠습니다. 뒤쪽에 있는 남자들은 서로 아는 사이인지 아직도 자리에 앉아 소곤소곤 이야기를 나누고 있었습니다. 그 목소리가 기계음과 뒤섞여 께느른하니 묘하게 졸음을 불러일으키는 리듬을 만들어냈습니다. 바다가 잠잠한지 파도 소리는 나직했으며 배의 흔들림도 거의 느껴지지 않았습니다. 그렇게 꼼짝 않고 누워 있자니 최근 2, 3일 동안의 흥분이 서서히 가라앉고 그 공허한 빈자리에 형언할 수 없는 불안감이 밀려왔습니다.

'지금이라도 늦지 않았어. 어서 단념해. 돌이킬 수 없는 상황이 오기 전에 어서 단념하라고. 고지식한 데도 정도가 있지 그 정신 나간 너

---

* serge: 소모사로 짠 모직 옷감. 교복 등에 사용된다.
** 羽織: 기모노 위에 입는 짧은 겉옷.

의 망상을 진짜 실현할 셈인가. 농담 아니었어? 대체 제정신이야? 혹시 어디 아픈 거 아니냐고.'

　시간이 지날수록 히로스케의 불안은 커졌습니다. 그렇지만 이렇게 큰 유혹을 어떻게 떨칠 수 있을까요. 불안한 마음을 달래기라도 하듯 또 하나의 마음이 설득하기 시작했습니다.

　'대체 뭐가 불안한 거야? 모든 게 완벽한 마당에. 지금까지 계획한 일을 이제 와서 단념하다니 당치도 않아.'

　그러자 히로스케의 머릿속에는 계획 하나하나가 세세한 부분까지 차례로 떠올랐습니다. 어느 것 하나 실수할 여지는 없었습니다.

　문득 정신을 차리고 보니 승객 둘의 말소리는 어느새 그쳤고, 대신 두 사람의 코 고는 소리가 방 저쪽에서 울렸습니다. 몸을 뒤척이는 척하며 돌아누워 실눈을 뜨고 보니 남자들은 태평하게 대자로 뻗어서 세상모르고 잠들어 있었습니다.

　누군가가 어서 계획을 실행하라고 다그치는 것 같았습니다. 기회가 왔다는 직감이 들자 잡념이 싹 사라졌습니다. 히로스케는 무언가에 이끌리듯 조금도 주저하지 않고 머리맡에 있던 짐가방을 열어 맨 밑에서 잘린 옷 조각 하나를 꺼냈습니다. 그것은 아무렇게나 찢긴 한 뼘 정도 길이의 해진 비백 무늬* 무명천이었습니다. 그는 천 조각을 꺼낸 다음 짐가방을 닫고 살며시 갑판으로 빠져나왔습니다.

　벌써 밤 11시가 넘은 시각이었습니다. 저녁까지만 해도 가끔 선실에 얼굴을 비치던 웨이터며 선원들도 밤이 되자 저마다 침실로 들어갔는지 갑판 주위에는 아무도 없었습니다. 뱃머리의 한 단 높은 상갑판에

---

* 붓으로 스친 것처럼 실의 결이 느껴지는 무늬.

서는 아마도 조타수가 철야 경비를 서고 있을 테지만, 지금 히토미 히로스케가 선 곳에서는 그마저도 보이지 않았습니다. 뱃전에 다가가자 높은 파도가 넘실대며 물보라를 일으켰고, 배 뒤쪽에는 야광충이 푸른 인광을 발하며 띠를 이루었습니다. 고개를 들자 미우라(三浦) 반도*의 거대한 검은 그림자가 눈썹을 찌를 듯이 바짝 다가왔고 어촌에는 등불이 깜박였습니다. 배가 나아감에 따라 하늘에 떠 있는 먼지같이 무수한 별들이 느리게 회전했습니다. 들리는 것은 둔중한 기계음과 뱃전에 부딪쳐 부서지는 파도 소리뿐이었습니다.

이쯤 되면 계획이 발각될 염려는 없었습니다. 다행히 때는 늦봄이라 바다는 잠자듯 고요했습니다. 뱃길대로라면 저 멀리 보이는 육지는 서서히 배 쪽으로 다가올 터였습니다. 이제는 육지와 배가 가장 가까워지는 예정 장소에 다다르기만을 기다리면 됩니다(히로스케는 몇 번이나 이 뱃길을 지나간 적이 있어서 그곳이 어디쯤인지 정확히 파악하고 있었습니다). 그다음에는 다른 사람의 눈에 띄지 않게 몇백 미터만 헤엄쳐 가면 됩니다.

히로스케는 먼저 어둠 속에서 뱃전을 살피며 난간 바깥쪽에 못이 튀어나온 곳을 찾아 비백 무늬 천 조각을 바람에 날아가지 않게 단단히 걸었습니다. 그러고는 돛천 그림자에 숨어 방금 못에 걸어둔 천 조각과 똑같은 무늬의 낡은 겹옷을 벗었습니다. 알몸이 된 히로스케는 소맷자락 속에 넣어두었던 지갑과 변장 도구를 옷으로 단단히 말아서 허리끈으로 등에다 동여맸습니다.

'됐어. 이제 차가운 바닷물만 잠깐 참으면 돼.'

---

* 가나가와(神奈川)현 남동쪽에 있는 반도.

히로스케는 돛천 그림자에서 기어 나와 다시 한번 주위를 둘러본 다음, 보는 사람이 아무도 없음을 확인하고는 커다란 도마뱀붙이처럼 납작 엎드려 갑판 위를 기기 시작했습니다. 뱃전에 이르자 단숨에 난간을 타고 넘었습니다. 소리가 나지 않도록 뭔가를 붙잡고 있다가 뛰어들 것, 스크루에 빨려 들어가지 않도록 주의할 것. 히로스케는 이 두 가지를 명심했습니다. 그러기 위해서는 배가 물길을 지나다가 방향을 바꾸려고 속도를 늦추는 시점이 제격이었습니다. 또 그때가 육지와도 가장 가까웠습니다. 히로스케는 뱃전에 있는 밧줄에 매달린 채 마음만 먹으면 언제든 뛰어들 수 있게 준비를 하고 이제나저제나 배가 방향을 바꾸기만을 기다렸습니다.

신기한 것은 이렇게 긴박한 순간에 히로스케의 마음은 어느 때보다 냉정하고 고요하다는 사실이었습니다. 하긴 이동 중인 배에서 바다로 뛰어들어 건너편 해안까지 헤엄쳐 간다고 해서 딱히 범죄 행위로 보기는 어려웠습니다. 더군다나 거리도 짧고 수영에도 자신이 있어서 크게 위험한 일은 없으리란 사실도 알고 있었습니다. 그렇지만 이것이 자신의 엄청난 음모를 위한 하나의 예비 단계임을 감안하면 그의 기질상 불안을 느껴야 정상이었습니다. 그런데도 이렇게 냉정하고 침착하게 행동하다니 참으로 신기한 노릇이었습니다. 훗날 히로스케는 계획에 착수한 이후 날로 대담해지고 뻔뻔해지던 자신의 태도를 떠올리며 흠칫 놀라곤 했는데, 뱃전에 매달려 있던 이때의 마음가짐이 어쩌면 그 시초였을지도 모릅니다.

이윽고 배가 목표 지점에 다가갔습니다. 조타수가 키를 돌리자 드르륵하는 쇠사슬 소리와 함께 방향이 바뀌기 시작했고 그러면서 속도도 떨어졌습니다.

'지금이야!'

막상 밧줄을 놓으려니 심장이 벌렁벌렁 뛰었습니다. 히로스케는 손을 놓는 동시에 있는 힘껏 뱃전을 걷어차며 가능한 한 멀리 몸을 내던졌습니다. 소리가 나지 않도록 몸을 쭉 펴서 마치 물에 올라타듯이 미끄러져 들어갔습니다.

텀벙하는 물소리와 함께 몸속으로 짜릿한 냉기가 스며들었습니다. 기다렸다는 듯이 사방에서 밀려드는 바닷물에 휩쓸려 아무리 발버둥을 쳐도 수면으로 떠오르기가 좀처럼 쉽지 않아 애가 탔습니다. 마구잡이로 물살을 헤치고 걷어차면서도 조금이라도 더 스크루에서 멀어져야 한다는 사실을 잊지 않았습니다.

뱃전에 휘몰아치는 소용돌이에서 어떻게 헤엄쳐 나왔고, 비록 바다가 잔잔했다고는 하나 몸이 마비되는 듯한 차가운 물속에서 어떻게 몇백 미터 거리를 참고 견뎠는지 히로스케는 나중에 돌이켜보아도 그 초인적인 힘을 도무지 이해할 수 없었습니다.

이리하여 운 좋게도 계획의 가장 첫 단계를 성공적으로 해낸 그는 녹초가 된 몸으로 어딘지도 모르는 어촌의 컴컴한 해변에 널브러져 동이 트기만을 기다렸습니다. 날이 밝자, 채 마르지 않은 옷을 입고 변장을 한 다음 마을 사람들이 일어나 나오기 전에 요코스카(橫須賀)시*를 향해 걷기 시작했습니다.

---

* 미우라반도 동쪽에 있는 도시.

7

어젯밤까지 히토미 히로스케였던 남자는 환승역이 있는 오후나*의 싸구려 여인숙에서 하루 동안 묵은 뒤 다음 날 오후, 일부러 밤늦게 T시에 도착하는 기차를 골라 변장을 한 채 삼등칸에 올랐습니다. 여러분은 이미 눈치채셨겠지만, 그가 이렇게 귀중한 하루를 허투루 보낸 이유는 자신의 자살극이 제대로 먹혀들었는지 알아보려면 그 소식이 실린 신문이 나오기를 기다려야 했기 때문입니다. 그런 그가 드디어 T시로 들어간다는 말은 애초에 바랐던 대로 그의 자살이 신문에 보도되었다는 뜻입니다.

'소설가의 자살'이라는 제목으로(그는 죽은 뒤에야 소설가라는 호칭을 얻었습니다) 짧기는 했지만 모든 신문에 일제히 그의 자살 기사가 실렸습니다. 비교적 자세히 보도한 신문도 있었습니다. 남겨진 짐가방 속에 히토미 히로스케의 이름이 적힌 수첩 한 권이 있었고, 거기에 세상을 비관하며 죽음을 암시하는 글귀가 쓰여 있었으며, 뱃전의 못에는 바다에 뛰어들 때 걸린 것으로 추정되는 그의 비백 무늬 옷 조각이 남아 있었다는 점을 소개하면서 고인의 인적 사항과 자살 동기를 분명히 밝히고 있었습니다. 한마디로 히로스케의 계획은 대성공이었습니다.

다행히 히로스케는 이 자살극을 보고 눈물을 흘려줄 일가친척도 없었습니다. 물론 고향에는 형님네 집도 있고(대학 재학 중에는 학비도 대주던 형이지만 근래에는 모든 지원을 끊은 상황이었습니다), 친척도 두세 명 있으니 그의 갑작스러운 사망 소식을 듣는다면 조금은 애석해하거

---

* 大船: 가나가와현 가마쿠라(鎌倉)시에 있는 동네.

나 한탄하겠지만, 그 정도 부작용은 애초에 각오한 부분이었으므로 크게 마음 아프지는 않았습니다.

그보다 히로스케는 자기 자신을 이 세상에서 완전히 지워버리고 난 뒤 이루 말할 수 없는 기묘한 감정에 사로잡혔습니다. 그는 이제 호적에서도 말소되었고, 이 넓은 세상에 일가친척이나 친구 하나 없으며 심지어 이름조차 없는 한 명의 이방인이었습니다. 그렇게 생각하자 전후좌우에 앉은 승객들도, 창밖으로 보이는 길가의 풍경도, 한 그루의 나무도, 한 채의 집도 지금까지와는 전혀 다른 별세계처럼 느껴졌습니다. 어떻게 보면 갓 태어난 듯 매우 산뜻한 기분이었지만, 또 한편으로는 이 세상에서 철저히 혼자이며 이제부터는 외톨박이처럼 홀로 그 감당하기 벅찬 대사업을 완수해야 한다는 형언할 수 없는 고독감에 끝내는 눈물까지 나려 했습니다.

기차는 감회에 젖은 히로스케는 아랑곳하지 않고 역에서 역으로 달려 마침내 밤중에 목적지인 T시에 도착했습니다. 히토미 히로스케였던 남자는 역을 빠져나와 곧장 고모다 가문 선조들의 위패를 모신 절로 향했습니다. 다행히 절은 교외 들판에 자리 잡고 있어서 밤 9시가 넘은 그 시각에는 주변에 지나다니는 사람 하나 없었습니다. 절간 사람들만 조심하면 들킬 염려는 없는 셈입니다. 더구나 부근에는 문단속이 허술한 오래된 농가들이 여기저기 흩어져 있어서 헛간에서 괭이를 훔칠 수도 있었습니다.

논두렁길을 따라 듬성듬성 쳐진 산울타리를 넘자 바로 묘지가 나왔습니다. 밤이 깊어 캄캄하긴 했지만 별빛이 또렷한 데다 지난번 사전답사 때 방향을 가늠해놓은 덕에 고모다 겐자부로가 묻힌 새 무덤을 찾아내기는 그리 어렵지 않았습니다. 히로스케는 비석 사이를 지나 본당으로 다가가서 닫힌 덧문 틈으로 안을 살펴봤습니다. 정적만 흐를 뿐 아무 소리도 들리지 않았습니다. 절이 워낙 외진 곳에 있는 데다 아침이 이른 절 사람들은 벌써 잠자리에 든 모양이었습니다.

이때다 싶어 히로스케는 논두렁길로 되돌아가서 근처에 있는 농가를 뒤져 어렵지 않게 괭이 한 자루를 구한 뒤 다시 겐자부로의 묘지로 돌아왔습니다. 고양이처럼 발소리를 죽이고 어둠 속에 몸을 숨기며 움직여야 했기에 모든 일에 적잖이 시간이 소요되었고, 묘지로 돌아왔을 때는 벌써 밤 11시가 다 되어 있었습니다. 다시 말해 그가 계획을 수행하기에는 안성맞춤인 시간이었습니다.

히로스케는 칠흑 같은 어둠 속에서 괭이로 무덤을 파헤치기 시작했습니다. 실로 무시무시한 장면이 아닐 수 없었습니다. 묘를 쓴 지 얼마 지나지 않아 파헤치기는 어렵지 않았지만, 그 아래에 무엇이 묻혀 있을지 상상하면 며칠에 걸친 예행연습도 다 소용없었습니다. 아무리 탐욕에 눈이 먼 그도 말로 표현할 수 없는 공포에 절로 전율이 일었습니다. 하지만 그런 생각을 하고 있을 여유는 없었습니다. 열 번쯤 괭이질을 하자 마침내 관 뚜껑이 드러났으니까요.

이제 와서 망설이고 있을 계제가 아니었습니다. 히로스케는 힘껏 용기를 내어 어둠 속에서도 희끄무레하게 보이는, 칠을 하지 않은 나무 판자 위의 흙을 치운 다음 판자와 판자 사이에 괭이 날을 집어넣었습니다. 한 번 세게 힘을 주자 끼이익 하고 뼛속까지 울리는 듯한 소리를 내며 어렵지 않게 뚜껑이 열렸습니다. 그 바람에 주위의 흙이 허물어져 관 속으로 와르르 쏟아졌는데, 그 모습조차 무언가 살아 있는 것이 움직이는 듯해서 십년감수할 판이었습니다. 뚜껑을 여는 순간 형언하기 어려운 악취가 코를 찔렀습니다. 죽은 지 7, 8일이나 지난 탓에 겐자부로의 시체는 이미 부패가 시작된 뒤였습니다. 히로스케는 시체를 보기도 전에 벌써 그 고약한 악취에 쩔쩔맸습니다.

그때까지는 그다지 묘지를 두려워하는 기색도 없이 의외로 침착하게 작업에 임해온 히로스케였지만, 막상 관 뚜껑을 열고 보니 평정심을 잃고 말았습니다. 또 한 명의 자신이라고 해도 좋을 겐자부로의 시체를 마주하자 비로소 정체 모를 환영 같은 것이 마음속 깊은 곳에서 서서히 치밀어 오르는 느낌이 들어 그만 악 하고 소리를 내질렀습니다. 불현듯 도망치고 싶을 만큼 큰 공포에 사로잡혔습니다. 유령에 대한 공포가 아니었습니다. 지극히 현실적인 공포, 이를테면 휑뎅그렁하게 넓고 어두컴컴한 방 안에서 홀로 촛불로 자신의 얼굴을 거울에 비춰볼 때와 비슷하지만 그보다 몇 배는 더한 공포였습니다.

별이 빛나는 고요한 하늘 아래 어렴풋이 보이는 풍경은 수많은 사람이 우두커니 서 있는 듯한 비석들이었습니다. 그 한가운데에 뻥 뚫린 시커먼 구덩이. 마치 섬뜩한 지옥 풍경이 그려진 두루마리 그림 속에 있는 기분이었습니다. 자세히 보지 않으면 뭐가 뭔지 식별하기도 힘든 어둠 속에서 그 구덩이에 누워 있는 망자는 다름 아닌 히로스케 자신이었습니다. 죽은 이의 얼굴을 알아볼 수 없다는 점이 더욱더 그를 오싹하게 만들었습니다. 구덩이 속에 하얀 수의가 희미하게 보이고 그 위에 있는 망자의 머리는 새카만 어둠에 뒤덮여 형체를 알아볼 수 없었습니다. 그 모습을 보자 공포는 극에 달했습니다. 어쩌면 그의 계획처럼 겐자부로는 우연히 생매장을 당했고, 무덤을 파헤친 탓에 되살아날지도 모른다는 터무니없는 망상마저 들었습니다.

히로스케는 온몸에 이는 전율을 간신히 억누르며 거의 자포자기의 심정으로 구덩이 가장자리에 배를 깔고 엎드렸습니다. 그러고는 안

쪽으로 양손을 뻗어 과감히 망자의 몸을 더듬기 시작했습니다. 가장 먼저 손에 닿은 것은 머리카락을 깎은 머리 부분인 듯했습니다. 두피 전체에서 까슬까슬하게 올라온 짧은 털들이 느껴졌습니다. 살갗을 눌러보니 묘하게 물컹물컹해서 조금만 세게 누르면 표면이 푹 터질 것 같았습니다. 확 소름이 끼쳐 재빨리 손을 떼고 잠시 놀란 가슴을 진정시킨 뒤 다시 손을 뻗자 이번에 닿은 것은 망자의 입인 듯했습니다. 딱딱한 이들이 다닥다닥 붙어 있고, 이와 이 사이에는 솜을 물려놓은 모양인지 푹신하기는 했지만 썩어가는 피부와는 촉감이 달랐습니다. 히로스케는 조금 대담해져서 계속해서 입 주위를 더듬거렸는데, 이상한 점은 겐자부로의 입이 살아 있을 때보다 열 배는 크게 벌어져 있다는 사실이었습니다. 어금니가 완전히 드러나서 흡사 여자 귀신처럼 양옆으로 쭉 찢어져 있었고, 잇몸이 만져질 정도로 위아래로 쫙 벌어져 있었습니다. 어두워서 착각한 줄 알았지만 그게 아니었습니다.

그것이 또 한 번 그를 몸서리치게 만들었습니다. 망자가 손을 꽉 깨물까 봐 두려워서가 아닙니다. 망자의 폐는 운동을 정지한 뒤에도 입으로 억지로 호흡한 탓에 그 주변 근육이 바싹 오그라들었을 터입니다. 그 바람에 입술이 말려 올라가면서 살아 있는 인간으로서는 절대 불가능한 크기로 입이 벌어졌겠지요. 그 끔찍한 단말마의 광경이 눈앞에 어른거렸습니다.

히토미 히로스케였던 남자는 이미 기진맥진해 있었습니다. 또다시 썩은 시체를 구덩이 밖으로 끄집어내고 그걸 처분하기 위해 더욱 무시무시한 일을 저질러야 한다고 생각하니 애초에 자신의 계획이 얼마나 무모했는지 비로소 절감했던 것입니다.

8

히토미 히로스케였던 남자가 아무리 억만금에 눈이 멀었다고는 해도 그처럼 불쑥불쑥 치밀어 오르는 격정을 억누를 수 있었던 이유는 아마 그도 여느 범죄자들과 마찬가지로 일종의 정신병자였기 때문이 아닐까요. 뇌 어딘가에 문제가 생겨서 일정한 상황이나 현상에 대해서는 신경이 마비된 게 틀림없습니다. 마치 귀마개를 끼면 귀가 먹먹해져서 아무 소리도 들리지 않는 것처럼 범죄에 대한 공포가 어느 수준을 넘으면 양심은 먹통이 되나 봅니다. 그 대신 악에 관한 이성이나 지혜가 벼려진 면도칼처럼 이상하리만치 날카로워져서 마치 사람이 아니라 정밀한 기계 장치처럼 미세한 부분 하나 놓치는 법 없이 잔잔한 물처럼 냉정하고 침착하게 일을 수행하는 것입니다.

히로스케는 고모다 겐자부로의 썩어가는 시체를 만진 순간 공포가 정점에 달하자 어김없이 이런 무감각 상태에 빠졌습니다. 그때부터는 조금도 주저하지 않고 마치 감정 없는 로봇처럼 한 치의 실수도 없이 정확하게 계획을 착착 실행해나갔습니다.

겐자부로의 시체는 아무리 끌어 올려도 자꾸만 다섯 손가락 사이로 주르르 흘러내렸습니다. 히로스케는 마치 막과자 가게 할머니가 물속에서 우뭇가사리를 건져내는 기분으로 최대한 시체를 훼손하지 않으려고 애쓰면서 가까스로 무덤 밖으로 끌어냈습니다. 시체를 다 꺼내고 나자 시체의 얇은 살갗이 흡사 해파리로 만든 장갑처럼 양 손바닥에 착 달라붙어서 아무리 흔들어도 좀처럼 떨어지지 않았습니다. 평소 같았으면 그 정도 공포에도 벌써 만사를 내팽개치고 달아났을 겁니다. 그러나 히로스케는 별로 겁을 내지도 않고 곧장 다음 단계에 들어갔습니다.

다음으로는 겐자부로의 시체를 없애버려야 했습니다. 자기 자신을 이 세상에서 완전히 지우는 일은 비교적 쉬웠지만, 한 인간의 시체를 절대 다른 사람 눈에 띄지 않게 처리하기란 여간 어려운 일이 아니었습니다. 물에 빠뜨리거나 땅속에 묻어봤자 잘못해서 물 위로 떠오르거나 누군가 땅을 파다가 발견할 우려가 있었습니다. 만에 하나 누가 겐자부로의 뼛조각 하나라도 발견한다면 모든 계획이 물거품이 됨은 물론 무거운 죄명을 써야 했습니다. 그래서 그는 처음 계획을 세우기 시작한 날 밤부터 이 문제에 가장 중점을 두고 고심했습니다.

　마침내 히로스케는 묘책을 떠올렸습니다. 난제의 열쇠는 언제나 가장 가까운 곳에 있는 법입니다. 겐자부로 옆에 잠든 고모다 가문 선조의 무덤을 파내어 거기에 겐자부로의 시체를 함께 묻자는 생각이었습니다. 아마도 고모다 가문에서 선조의 무덤을 파헤치는 불효자는 영원히 나오지 않겠지요. 설사 묘지를 이장할 일이 생기더라도 그때는 이미 히로스케가 꿈을 이루고 아무런 여한 없이 세상을 떠난 뒤일 것입니다. 그게 아니더라도 아무도 모르는 오래전 조상의 무덤에서 두 사람의 뼈가 나온다고 한들 누가 그것을 히로스케의 몹쓸 계략과 연결 지어 생각할까요. 그것도 이미 몸은 다 썩고 조각조각 흩어진 백골을 보고 말입니다. 히로스케는 그렇게 믿었습니다.

　흙이 딱딱하게 굳은 옆 무덤을 파헤치는 일은 생각보다 힘들었습니다. 하지만 땀범벅이 되도록 부지런히 파헤쳐서 겨우 뼈를 찾아냈습니다. 관은커녕 흔적도 없이 썩어서 흩어진 백골들만 드문드문 모여 있는 모습이 별빛에 희끗희끗 보일 뿐이었습니다. 이미 악취라고는 없었고, 생물의 뼈라는 느낌마저 완전히 사라져서 흡사 맑고 깨끗한 흰 광물처럼 보였습니다.

파헤쳐진 두 기의 무덤과 썩어가는 하나의 몸뚱이를 바라보며 히로스케는 어둠 속에서 한동안 우두커니 서 있었습니다. 생각을 집중해서 더욱 치밀하게 머리를 굴리기 위함이었습니다.

'정신 바짝 차려. 어떤 사소한 실수도 있어선 안 돼.'

히로스케는 빠르게 머리를 회전시키며 어둠 속 희미한 물체들을 둘러보았습니다.

잠시 뒤 그는 아무런 감정의 동요도 없이 겐자부로의 시체에서 흰 수의를 벗긴 다음 양손에서 반지 세 개를 뽑았습니다. 그런 다음 수의로 반지를 작게 감싸서 품속에 찔러 넣고는 발아래에 누워 있는 알몸뚱이를 자못 귀찮다는 듯이 손과 발을 이용해 새로 판 무덤 속으로 밀어 넣었습니다. 그러고는 바닥에 납죽 엎드려 손바닥으로 주변 땅을 구석구석 더듬으며 아무런 증거물도 남기지 않았음을 확인했습니다. 그 후 괭이로 무덤을 원래대로 메우고, 비석을 세우고, 새로운 흙 위에는 미리 치워둔 풀과 이끼를 빈틈없이 덮었습니다.

'이제 됐어. 안됐지만 고모다 겐자부로는 나를 대신해 영원히 이 세상에서 사라졌다. 지금부턴 여기 있는 내가 진짜 고모다 겐자부로라고. 히토미 히로스케는 이미 어디에도 존재하지 않아.'

히토미 히로스케였던 남자는 의기양양하게 별이 총총한 하늘을 올려다보았습니다. 어두운 하늘도, 은가루를 뿌려놓은 듯 반짝거리는 무수한 별도 장난감처럼 귀엽게 느껴지며 작은 소리로 자신의 앞길을 축복해주는 것 같았습니다.

하나의 무덤이 파헤쳐지고 그 안에 있던 시체가 사라졌다는 사실만으로 사람들은 아연실색하고도 남을 겁니다. 그런데 바로 옆에 있는 무덤 하나를 더 파헤치다니 그처럼 간단하면서도 대범한 속임수를 쓰리라고 어느 누가 상상이나 할까요. 게다가 놀란 사람들 앞에 흰 수의를 입은 고모다 겐자부로가 나타나다니요. 분명 사람들의 관심은 당장 무덤이 아닌 겐자부로의 기이한 환생에 집중될 것입니다. 그다음은 오로지 히로스케의 연기력에 달렸습니다. 그 문제라면 이미 철저히 계획을 세워두었습니다.

이윽고 하늘에 시나브로 푸른빛이 돌고 별빛도 하나둘 사라졌습니다. 어느덧 닭 울음소리가 여기저기서 들려오기 시작했습니다. 히로스케는 어슴푸레한 새벽빛 속에서 최대한 빠르게 움직였습니다. 정말로 죽은 이가 되살아나 안에서 관을 부수고 기어 나온 것처럼 겐자부로의 무덤을 꾸며놓고는 발자국이 남지 않게 주의하면서 산울타리 틈을 비집고 논두렁길로 빠져나왔습니다. 괭이를 적당히 처리한 다음 원래대로 변장을 하고서 마을로 발걸음을 재촉했습니다.

9

한 시간쯤 뒤에는 무덤에서 되살아난 히로스케가 어느 숲속 덤불 그늘에 흙투성이가 된 흰 수의 차림으로 누워 있었습니다. 히로스케 나름대로는 비틀거리며 집을 향해 걷다가 3분의 1도 못 가 숨이 차서 길가에 쓰러진 상황을 연출한 것이었습니다. 마침 밤새 물 한 모금 입에 대지 못하고 내내 일만 했기 때문에 얼굴이 적당히 초췌해져서 연극을 한층 그럴싸하게 만들었습니다.

당초 계획대로라면 시체를 처리하자마자 수의로 갈아입고 절의 공수간으로 찾아가서 덧문을 두드릴 예정이었습니다. 하지만 시체를 보니 이 지방의 관습인지 고인의 머리를 삭발하는 낡은 장례 의식에 따라 머리카락과 수염이 깨끗이 깎여 있었으므로 그도 따라 머리를 밀어야 했습니다. 히로스케는 마을 변두리에 있는 촌스러운 상점들 가운데 철물점을 찾아 면도칼 한 자루를 산 다음 숲속에 숨어 서투른 솜씨로 겨우겨우 자기 머리를 밀었습니다. 그때까지도 감쪽같이 변장한 모습이 었으니 이발소에 갔어도 딱히 의심받지는 않았겠지만, 이발소는 영업 개시가 늦어 이른 아침인 그때는 아직 문을 열지 않았던 데다 만일을 대비하여 면도칼을 사기로 한 것입니다.

머리를 말끔히 밀고 수의로 갈아입은 뒤 망자의 손에서 뽑은 반지를 끼고 옷가지는 깊은 숲속의 구덩이에 넣고 태운 다음 재까지 처리하고 나자 이미 해가 높이 떠올라 있었습니다. 숲 바깥쪽에 있는 길거리에는 어느새 하나둘씩 사람들이 지나다니고 있었기에 이제 와서 숨어 있던 곳에서 나와 절로 돌아가기도 힘들었습니다. 어쩔 수 없이 눈에 잘 띄지 않으면서도 길거리에서 그리 멀지 않은 덤불 그늘에 실신한 척 누워 있기로 했습니다.

길거리를 따라 난 작은 시냇가에는 잎이 작은 떨기나무들이 시냇물을 향해 가지를 축 늘어뜨리고 빽빽하게 나 있었으며, 그 뒤로 키 큰 소나무와 삼나무 따위가 띄엄띄엄 숲을 이루고 있었습니다. 히로스케는 지나다니는 사람들 눈에 띄지 않게 주의하면서 떨기나무 뒤로 가서 그 바로 뒤에 몸을 딱 붙이고 숨을 죽인 채 누웠습니다. 그 자세로 나무 사이로 길거리를 지나는 농민들의 발을 주시했습니다. 조금씩 마음이 가라앉자 그는 또다시 이상야릇한 기분에 사로잡혔습니다.

'계획한 대로 일이 착착 진행되고 있어. 이제 누가 나를 발견해주기만 하면 돼. 그런데 정말 괜찮을까. 바다를 헤엄치고 무덤을 파헤치고 머리를 밀었다고 단지 그것만으로 몇천만 엔이나 되는 어마어마한 재산을 손에 넣는다니. 이야기가 너무 쉽게 흘러가는 거 아냐? 어쩌면 나는 얼토당토않은 광대놀음을 하고 있고, 세상 사람들은 모두 다 알고 있으면서 장난삼아 두고 보는 게 아닐까.'

이렇게 어떤 격정적인 상황이 오자 마치 마비되어버린 듯했던 평범한 사람의 신경이 조금씩 되살아났습니다. 그리고 그 불안은 머지않아 마을 아이들이 히로스케의 미치광이 같은 수의 차림을 발견하고 시끄럽게 떠들어대자 더욱 커졌습니다.

"얘들아, 여기 좀 봐, 누가 자고 있어."

평소 놀이터 삼아 들락거리던 숲속으로 들어오려던 네다섯 아이들 중 하나가 우연히 흰 옷차림의 히로스케를 발견하고는, 놀라서 한 걸음 내려가 다른 아이들에게 속삭였습니다.

"누구지? 미치광이인가."

"죽은 거 같은데?"

"가까이 가보자."

"가보자, 가보자."

손으로 짠 허름한 줄무늬 무명천의 줄무늬가 보이지 않을 정도로 때가 타서 검게 윤이 나는 덜름한 옷을 입은 열 살 전후의 개구쟁이들이 속닥거리며 머뭇머뭇 히로스케에게 다가왔습니다.

푸르뎅뎅한 콧물을 훌쩍거리는 촌티 나는 농촌 코흘리개들이 좋은 구경거리라도 났다는 듯 들여다보는데, 그 우스꽝스러운 광경이 머릿속에 그려지자 히로스케는 더욱 불안해지고 화까지 났습니다.

'확실해. 난 광대놀음을 하고 있는 거야. 아무리 그래도 농촌 코흘리개들이 처음으로 발견할 줄은 생각도 못했어. 이제 이 녀석들에게 장

난감 취급 받으며 별별 창피만 당하다가 끝장인가.'

히로스케는 절망했습니다.

그렇다고 일어나서 아이들에게 호통을 칠 계제도 아니었습니다. 상대가 누가 됐든 그저 실신한 척 누워 있을 수밖에 없었지요. 점점 대담해진 아이들이 마침내 그의 몸을 만지기까지 했지만 꾹 참았습니다. 너무 어이가 없어서 다 포기하고 벌떡 일어나 껄껄 웃어젖히고 싶은 심정이었습니다.

"야, 아빠한테 말하고 오자."

그때 한 아이가 숨을 헐떡이며 속삭였습니다. 그러자 다른 아이들도 중얼거렸습니다.

"그러자, 그러자."

그러더니 아이들은 헐레벌떡 어디론가 뛰어갔습니다. 각자 부모님에게 어떤 사람이 길에 쓰러져 있다고 말하러 간 것입니다.

곧 길거리 쪽에서 수런거리는 말소리가 들리더니 마을 사람 몇이 달려와 왁자지껄 지껄여대며 히로스케를 안아 올려 보살피기 시작했습니다. 소문을 들은 사람들이 점차 몰려들어 히로스케의 주위를 구름 떼처럼 에워싸면서 소란은 점점 커졌습니다.

"이럴 수가, 고모다 가문의 주인어른이잖아!"

어떤 사람이 겐자부로를 알아보고 큰 소리로 외쳤습니다.

"맞아, 맞다고!"

다른 두셋이 맞장구쳤습니다. 거기 모인 많은 사람 가운데는 이미 고모다 가문의 묘지에서 일어난 기묘한 사건을 알고 있는 이도 있었습니다.

"고모다 가문 주인어른이 묘지에서 살아 돌아오셨다!"

이런 함성이 놀라운 기적처럼 촌사람들의 입에서 입으로 퍼졌습니다.

고모다 가문은 T시 부근은 물론이고 M현 전체에서 자랑으로 손꼽히는 현의 최고 부잣집이었습니다. 그런 집의 주인이 한 번 매장되었다가 열흘이나 지나서 관을 부수고 살아 돌아왔다니 마을 사람들에게는 놀라 자빠질 만큼 충격적인 사건이었습니다. T시의 고모다 가문으로 급히 소식을 전하러 가는 사람, 절로 뛰어가는 사람, 의사에게 달려가는 사람 등 논밭도 내팽개친 채 온 마을 사람이 총출동하여 소동을 피웠습니다.

히토미 히로스케였던 남자는 그제야 자신이 저지른 일의 반응을 살폈습니다. 이쯤 되면 자신의 계획이 꼭 꿈으로 끝나란 법도 없을 것 같았습니다. 지금이야말로 자신의 주특기인 연기를 펼칠 때였습니다. 그는 많은 사람이 지켜보는 가운데 이제야 정신이 들었다는 듯 눈을 번쩍 떠 보였습니다. 그러고는 뭐가 뭔지 모르겠다는 표정으로 멍하니 사람들의 얼굴을 둘러보았습니다.

"앗, 정신이 드셨다! 주인어른, 정신이 좀 드십니까?"

히로스케를 안고 있던 남자가 귀에 입을 갖다 대고 크게 고함쳤습니다. 그와 동시에 수많은 얼굴이 일제히 히로스케 위로 그늘을 드리우며 포개졌습니다. 농민들의 고약한 입 냄새가 코를 찔렀습니다. 히로스케를 보며 반짝이는 수많은 눈빛은 하나같이 어리숙하고 진지해서 털끝만큼도 그의 정체를 의심하는 낌새는 없었습니다.

그렇다고 미리 짜놓은 연극의 순서를 바꿀 생각은 없었습니다. 그저 말없이 사람들의 얼굴을 바라보는 것 말고는 어떤 동작이나 말도 하지 않았습니다. 분위기 파악이 완전히 끝나기 전에는 의식이 몽롱한 척하며 아무 말도 하지 않을 작정이었습니다. 만에 하나 생길 위험을 피하기 위해서였지요.

그때부터 히로스케가 고모다 가문의 안방으로 들어가기까지의 경위를 말하자면 너무 장황하니 그냥 넘어가겠습니다. 아무튼 마을에서는 고모다 가문의 총지배인을 비롯한 하인들과 의사가 자동차를 타고 달려왔고, 고모다 가문 선조들의 위패를 모신 절에서는 스님과 절에서 일하는 일꾼이, 경찰에서는 서장과 두세 명의 경관이, 그 밖에 급한 소식을 듣고 온 고모다 가문의 친인척들까지 마치 불구경이라도 난 듯 꾸역꾸역 마을 변두리 숲으로 몰려들었습니다. 부근 일대의 소란스럽기가 마치 전쟁터를 방불케 했는데 이것만 봐도 고모다 가문의 명망과 세력이 얼마나 위대한지 쉽게 가늠할 수 있었습니다.

히로스케는 사람들에게 둘러싸여 이제 자신의 집이 된 고모다 저택으로 들어가는 동안에도, 사랑채로 가서 한 번도 본 적 없는 멋진 침구에 누워서도, 처음 계획대로 벙어리처럼 입을 다문 채 끝까지 한마디도 입 밖에 내지 않았습니다.

10

히로스케의 묵언 수행은 그때부터 약 일주일 동안이나 끈질기게 이어졌습니다. 그런 도중에도 잠자리 속에서 귀를 쫑긋 세우고 눈을 번뜩이며 고모다 가문의 모든 관습과 사람들의 기질, 저택 안의 분위기를 파악해서 거기에 자신을 동화시키려고 애썼습니다. 겉으로는 반쯤 의식을 잃은 식물인간처럼 누워 있었어도, 묘한 예이지만 머리만은 50마일의 속력으로 질주하는 자동차 운전사처럼 기민하고 재빠르게 그러면서도 정확하게 불꽃을 튀기며 회전했습니다.

의사의 진단은 히로스케의 예상을 크게 빗나가지 않았습니다. 히로스케를 진찰한 이는 고모다 가문의 주치의로서 T시에서도 손꼽히는 명의였습니다. 의사는 이 불가사의한 환생을 강경증*이라는 애매한 의학 용어로 무마하려 했습니다. 사망 판정이란 게 얼마나 까다로운 일인지 여러 가지 실례를 들어가며 설명하고는 자신이 사망 진단을 내린 데는 아무 문제가 없었다고 변명했습니다.

의사는 안경 너머로 히로스케의 머리맡에 주르르 모인 친척들을 둘러본 다음 간질과 강경증의 관계, 그것과 가사의 관계 따위를 어려운 의학 용어를 써가며 장황하게 설명했습니다. 친척들은 잘 알아듣지는 못했어도 그럭저럭 만족한 듯했습니다. 본인이 살아 돌아온 판국에 설사 설명이 충분하지 않더라도 딱히 불평할 이유는 없었습니다.

의사는 불안과 호기심이 뒤섞인 얼굴로 조심스럽게 히로스케의 몸을 살폈습니다. 그러더니 드디어 답을 찾았다는 표정을 지었습니다. 사실은 감쪽같이 히로스케의 술수에 걸려든 것이지요. 이런 경우 의사는 자신이 오진을 했다는 사실에 사로잡혀 그것을 변명하는 데만 정신이 팔리기 십상이라 환자의 몸에 약간 변화가 있음을 인지해도 그것을 깊이 생각할 여유가 없습니다. 설령 의사가 히로스케를 의심했다 할지라도 겐자부로의 대역이리라고 어찌 생각할 수 있을까요. 한 번 죽었다가 살아서 돌아오는 큰일을 겪었으니 몸에 무언가 변화가 있다 한들 그다지 신기한 일도 아닙니다. 아무리 전문가라도 그렇게 생각하는 게 결코

---

* 強硬症: 긴장성 정신 증상의 일종. 어떤 자세를 취하면 원래대로 돌아가지 않고 오랫동안 유지하는 상태.

무리는 아니지요.

사인이 발작성 간질(의사는 그것을 강경증이라고 명명했지만)이니 내장에는 이렇다 할 문제가 없었고, 몸이 쇠약해졌다고 해도 대수롭지 않은 정도였기 때문에 식사도 영양에만 신경을 쓰면 충분했습니다. 따라서 히로스케는 정신이 몽롱한 척 입만 다물고 있으면 아무런 고통도 없이 더없이 편안하게 꾀병을 부릴 수 있었습니다. 그에 반해 아랫사람들의 간호는 실로 극진했습니다. 의사는 하루에 두 번씩 진찰하러 왔고, 간호사 두 명과 몸종은 밤낮으로 머리맡에 붙어 있었으며, 쓰노다(角田)라는 늙은 총지배인과 친척들은 히로스케의 상태를 살피러 쉴 새 없이 드나들었습니다. 사람들이 모두 목소리를 낮추고 발소리를 죽여가며 자못 걱정스럽다는 듯이 행동하는 모습이 히로스케는 우습기 짝이 없었습니다. 지금까지 그럴싸해 보였던 세상이 사실은 너무도 실없는 아이들 소꿉장난에 지나지 않는다는 것을 통감했습니다. 자기만 아주 대단하고 나머지 고모다 가문 사람들은 벌레처럼 하찮고 작은 존재로 여겨졌습니다.

'뭐야, 이게 다야?'

그것은 오히려 실망에 가까웠습니다. 히로스케는 이번 일을 겪으면서 옛 영웅이나 중대 범죄자들이 우쭐댔던 이유를 알 것도 같았습니다.

그런데 그중에 단 한 사람, 조금 섬뜩하다고 해야 할지 불편하다고 해야 할지, 왠지 모르게 히로스케를 불안하게 하는 이가 있었습니다. 다름 아닌 그의 아내, 정확히 말하면 죽은 고모다 겐자부로의 남은 아내였습니다. 이름은 지요코(千代子), 나이는 아직 스물둘밖에 되지 않은 어리디어린 여인이었지요. 하지만 여러 가지 이유로 히로스케는 그 여인을 두려워하게 되었습니다.

겐자부로의 부인이 아직 젊고 아름답다는 사실은 먼젓번 T시에 왔을 때부터 익히 들어 알고 있었습니다. 하지만 매일 보다 보니 지요코는 흔히 말하는 볼수록 예쁜 여자라 점점 매력적으로 느껴졌습니다. 당연히 그녀는 가장 극진히 히로스케를 간호했는데, 가려운 곳을 긁어주는 듯한 간호 솜씨로 미루어 죽은 겐자부로와 그녀 사이가 얼마나 깊은 애정으로 이어져 있었는지 충분히 짐작이 가고도 남았습니다. 그럴수록 히로스케는 뭔가 묘한 불안을 느꼈지요.

'이 여자를 경계하자. 내 계획에서 가장 큰 적은 분명 이 여자야.'

히로스케는 언젠가 이를 악물며 자기 자신을 다잡았습니다.

그는 겐자부로가 되어 처음으로 그녀와 대면했던 광경을 오랫동안 잊지 못했습니다. 수의 차림의 히로스케를 태운 자동차가 고모다 가문의 대문 앞에 도착했을 때 지요코는 안에서 누가 붙잡기라도 했는지 문밖으로 얼른 나오지 않았습니다. 남편이 살아 돌아왔다는 황당무계한 소식에 지요코는 기쁘다기보다는 오히려 심란해서 이를 덜덜 떨며 역시 파랗게 질린 하녀들과 함께 대문 안쪽에 난 기다란 돌길을 초조하게 돌아다니고 있었습니다. 그런데 자동차에 탄 히로스케를 본 순간 무슨 이유인지 숨이 멎을 듯 경악하더니(그 모습을 보고 히로스케가 얼마나 가슴이 철렁했는지 모릅니다) 어린아이처럼 울상을 지으며 달려 나와 차 문에 매달려서는 자동차가 현관에 닿을 때까지 꼴사납게 질질 끌려가듯 뛰었습니다.

그러고는 히로스케를 현관에 내려놓자마자 그 위에 달라붙어 미동도 않고 한참을 울기만 했습니다. 보다 못한 친척들이 억지로 떼어냈을 정도입니다. 히로스케는 멍한 표정으로 속눈썹 개수까지 헤아려질 정도로 바싹 붙은 지요코의 얼굴을 바라보았습니다. 눈물에 젖은 속눈썹,

설익은 복숭아처럼 파리하고 하얀 솜털이 반짝거리는 뺨, 그 위로 흘러내리는 눈물, 미소 짓듯 일그러지는 연분홍빛 매끄러운 입술을 가만히 보았지요. 그뿐이 아닙니다. 두 팔이 맨살로 히로스케의 어깨를 감았고, 맥박 치는 가슴 언덕이 히로스케의 가슴을 따뜻하게 데웠으며, 특유의 은은한 향기가 코를 간질였습니다. 그때 느낀 이상야릇한 기분을 히로스케는 영원히 잊지 못했습니다.

11

지요코에 대한 히로스케의 형언하기 어려운 일종의 공포는 날이 갈수록 깊어졌습니다.

히로스케가 누워만 지낸 일주일 동안도 끔찍한 위기가 몇 번이나 찾아왔습니다. 한번은 한밤중에 괴로운 악몽에 시달리다가 눈을 번쩍 떴는데 악몽의 주인공이 곁방에서 자다가 언제 들어왔는지 요염하게 헝클어진 머리칼을 그의 가슴에 얹고 작게 흐느끼고 있었습니다.

'지요코, 지요코, 그리 걱정하지 마. 보다시피 난 몸도 마음도 건강한 진짜 겐자부로니까. 자, 이제 그만 울고 당신의 그 귀여운 미소를 보여줘.'

히로스케는 저도 모르게 그런 말이 튀어나오려는 걸 간신히 참고 시치미를 떼며 자는 척했습니다. 이런 난처한 상황이 올 줄은 영악한 히로스케도 미처 예상치 못했습니다.

아무튼 히로스케는 예정된 시나리오대로 네댓새째 무렵부터 아주 교묘하게 연극을 하며 조금씩 말을 하기 시작했습니다. 격동을 겪은 탓에 일시적으로 마비되었던 신경이 서서히 되살아나는 모습을 물 흐르듯 자연스럽게 연기했습니다. 며칠 동안 이불 속에서 보고 들은 것과 그것으로 유추한 사실이 나올 때만 겨우 생각난 척했고, 그 밖에 아직 알아내지 못한 많은 사실은 건들지 않도록 주의했으며, 어쩌다 상대가 그 이야기를 꺼내면 얼굴을 찡그리며 좀처럼 생각나지 않는 척했습니다. 이런 연극을 자연스럽게 꾸미기 위해 처음 며칠 동안 마음고생을 해가며 입을 다물고 있었던 것이지요. 예상대로 뻔한 일을 까맣게 잊었다거나 뚱딴지같은 소리를 해도 사람들은 의심하기는커녕 오히려 히로스케의 온전치 못한 정신 상태를 안쓰럽게 여겨주었습니다.

히로스케는 그렇게 가짜 얼뜨기 행세를 하면서 실수할 때마다 그것을 완전히 외워버리는 식으로 눈 깜짝할 사이에 고모다 가문 안팎의 얽히고설킨 관계를 빠삭하게 꿰게 되었습니다. 그러자 이만하면 안심해도 되겠다는 의사의 진단이 내려졌고, 히로스케가 고모다 가문에 들어온 지 꼭 보름 만에 그의 완쾌를 축하하는 성대한 잔치가 열렸습니다. 주연이 벌어지는 자리에서도 히로스케는 그곳에 모인 친척과 고모다 가문 소속 각종 사업 책임자, 총지배인을 비롯한 주요 고용인들이 마음 놓고 떠드는 이야기 속에서 많은 정보를 얻었습니다. 그에 힘입어 잔치가 열린 이튿날부터 드디어 자신의 크나큰 이상을 실현하기 위한 첫발을 내딛기로 결심했습니다.

"나도 이제 그럭저럭 몸을 회복했어. 그러니 생각도 정리할 겸 이 기회에 내 밑에 속한 여러 사업과 논밭, 어장 따위를 한번 둘러보려 해. 그럼 희미해진 기억도 뚜렷해질 테고 고모다 가문의 재정에 관해 좀더 체계적으로 계획을 세울 수 있겠지. 필요한 준비를 부탁하네."

히로스케는 이른 아침부터 총지배인 쓰노다를 불러 이러한 의향을 전했습니다. 그리고 바로 그날 쓰노다와 하인 두셋을 데리고 M현 일대에 흩어져 있는 자신의 땅으로 향했습니다. 쓰노다 영감은 지금까지는 술에 술 탄 듯 물에 물 탄 듯 두루뭉술했던 주인의 이런 적극적인 태도에 크게 놀랐습니다. 지금 몸으로는 아직 무리라고 일단 말려보았지만, 히로스케의 일갈에 금세 한풀 꺾여 고분고분 주인의 명령에 따랐습니다.

히로스케의 시찰 여행은 아주 서둘러 돌아다녔는데도 꼬박 한 달이 걸렸습니다. 그사이에 자기 소유의 끝없이 펼쳐진 들판, 사람도 지나다니지 않는 밀림, 광대한 어장, 목재 공장, 가다랑어포 공장, 각종 통조림 공장과 그 밖에 반쯤 고모다 가문의 투자로 이루어지는 여러 사업들까지 순시하고는 새삼 자신의 막대한 재산에 깜짝 놀랐습니다.

히로스케가 이번 여행에서 무엇을 관찰하고 무엇을 느꼈는지 자세히 하나하나 적을 수는 없지만, 어쨌든 그가 소유한 재산은 지난번에 쓰노다 영감이 보여준 장부에 적힌 평가액만큼, 아니 그 이상으로 알차다는 사실을 충분히 확인했습니다.

히로스케는 가는 곳마다 극진한 환대를 받으면서 그곳의 부동산이며 영리사업을 어떻게 해야 가장 유리하게 처분해서 현금화하고, 처분은 무엇을 먼저 하고 무엇을 나중에 해야 세간의 이목을 최소로 끌지, 어느 공장 지배인은 깐깐하고 어느 산림 관리인은 좀 멍청해 보인다든지, 그러니까 그 공장보다는 이 산림을 먼저 처분하자거나, 부근에 그 산림이 매물로 나오기를 기다리는 산림 경영자는 없는지, 그러한 것들을 다방면으로 고심했습니다. 그와 동시에 길동무인 쓰노다 영감과 친해지려고 온 힘을 쏟았습니다. 마침내 재산 처분에 관해 상담을 받을 정도로 그의 마음을 누그러뜨리는 데 성공했습니다.

여행을 하는 동안 히로스케는 언제부턴가 일부러 노력하지 않아도 타고난 억만장자 고모다 겐자부로로 변해갔습니다. 사업 관리자들은 두말없이 히로스케 앞에서 머리를 조아리며 의심하는 기색 따위는 없었고, 각 지방의 연고자나 여관을 방문하면 마치 영주라도 맞이하듯 유난을 떨어댔습니다. 누구 하나 히로스케의 얼굴을 쳐다보는 무례를 범하지 못했습니다. 가끔 죽은 겐자부로와 잘 알고 지내던 기생이 "오랜만에 뵙는군요"라며 어깨를 두드리기라도 하면 히로스케는 점점 대담해졌습니다. 대담해지면 대담해질수록 연기는 능숙해졌지요. 이제는 정체가 들통날까 전전긍긍하던 마음도 거의 잊었습니다. 자신이 예전에 히토미 히로스케라는 이름의 가난한 학생이었다는 사실이 오히려 거짓말처럼 느껴졌을 정도입니다.

이 놀라운 신분 상승은 예상대로 히로스케에게 더없는 기쁨을 선사했습니다. 하지만 기쁘다기보다는 우스운, 그보다는 왠지 모르게 가슴이 텅 빈 듯한, 구름을 타고 나는 듯도 하고, 꿈을 꾸는 듯도 하고, 한편으로는 참을 수 없게 초조하고, 한편으로는 한없이 평온한, 뭐라 형용하기 어려운 기분이었습니다.

아무튼 히로스케의 계획은 순조롭게 진행되었습니다. 그런데 악마는 히로스케가 예상하고 대비한 쪽이 아니라 그 뒤쪽, 그러니까 아무리 교묘한 히로스케라도 미처 생각지 못했던 쪽에서 희미하게 나타나 점차 선명하게 모습을 드러내며 조금씩 그의 마음속으로 파고들었습니다.

12

온갖 환대 속에서 만족스러운 여행을 즐기는 동안에도 히로스케는 툭하면 두려움과 그리움이 뒤섞인 감정으로 저택에 남겨둔 지요코의 모습을 떠올렸습니다. 그 눈물 젖은 솜털의 관능적인 매력이 그의 마음을 사로잡았고, 남몰래 느낀 두 팔의 희미한 감촉이 밤마다 꿈에 나타나 그의 영혼을 전율케 했습니다.

지요코는 겐자부로의 아내니까 그녀를 사랑하는 것은 이제 겐자부로가 된 히로스케에게는 당연한 일이고, 그녀도 물론 그것을 원하고 있을 터였습니다. 하지만 그렇게 손쉽게 이룰 수 있는 소원이라서 더욱 힘들고 고통스러웠습니다. 하룻밤 뒤에 어떤 무시무시한 파탄이 일어나든 몸도, 마음도, 자신의 평생의 꿈조차도 그녀 앞에 내팽개쳐버리고 그대로 죽어버릴까 하는 무분별한 생각까지 들었습니다.

처음 계획을 세울 때만 해도 설마하니 지요코의 매력이 이렇듯 고통스럽게 자신의 마음에 파고들리라고는 상상도 하지 못했습니다. 그렇기에 만일의 위험에 대비해 지요코는 이름뿐인 아내로 두고 되도록 멀리할 작정이었습니다. 히로스케의 얼굴과 모습, 목소리가 아무리 겐자부로를 빼닮은들, 그래서 겐자부로와 절친했던 사람들까지 속인다 한들, 무대 의상을 벗고 분장을 지운 침실에서 자신의 적나라한 모습을 죽은 겐자부로의 아내 앞에 드러내는 것은 아무리 생각해도 너무 무모한 짓이니까요. 지요코는 분명 겐자부로의 어떤 작은 습관도, 몸 구석구석의 특징도 손바닥 보듯 훤히 꿰고 있을 터입니다. 그러니 히로스케의 몸 어느 구석에 손톱만큼이라도 겐자부로와 다른 부분이 있다면 그 즉시 가면은 벗겨지고 결국에는 그의 음모가 만천하에 드러날 것입니다.

'아무리 대단한 여자기로서니 지요코 하나 때문에 오래전부터 품어온 네 커다란 이상을 버릴 작정이야? 그 이상만 실현되면 여자 하나의 매력 따위와는 비교조차 되지 않을 정도로 강렬하고 짜릿한 도취의 세계가 널 기다리고 있잖아. 생각해봐. 네가 허구한 날 꿈에 그리는 이상향 중에서 단 일부분만이라도 생각해보라고. 그에 비하면 인간 세계에서 이루어지는 한 사람과 한 사람의 연정 따위는 너무 작고 하잘것없는 소망이잖아. 눈앞의 미혹에 사로잡혀서 애써 해온 고생을 물거품으로 만들어선 안 돼. 네 욕망은 훨씬 더 컸잖아?'

히로스케는 현실과 꿈의 기로에 서서 이중 삼중의 딜레마에 빠져 남모를 고뇌를 맛보았습니다. 물론 꿈을 버릴 수는 없었지만, 그래도 현실의 유혹이 너무나도 강력했습니다.

그렇지만 결국은 반평생 품어온 꿈의 매력과 범죄가 발각될지도 모른다는 두려움이 지요코를 단념하게 만들었습니다. 그리고 그 슬픔을 달래기 위해, 지요코의 쓸쓸하고 수심에 잠긴 얼굴을 뇌리에서 깨끗이 지워버리기 위해, 그것이 본래의 목적인 양 오로지 사업에 몰두했습니다.

순시를 마치고 돌아온 히로스케는 우선 가장 눈에 띄지 않는 주식(株式)류를 은밀히 처분하여 그 자금으로 이상향을 건설할 준비에 착수했습니다. 새로 고용한 화가, 조각가, 건축 기사, 토목 기사, 조원가 등이 날마다 히로스케의 저택으로 몰려들어 히로스케의 지도 아래 참으로 기묘한 설계 작업이 시작되었습니다. 그와 동시에 한편으로는 엄청난 양의 수목과 화초, 석재, 유리판, 시멘트, 철재 등의 주문서나 주문 담당자를 멀게는 동남아시아 지역까지 보냈고, 수많은 막노동꾼과 목수, 정원사 등을 잇따라 각지에서 끌어모았습니다. 그중에는 몇 안 되지만 전기 직공, 잠수부, 배 만드는 목수도 섞여 있었습니다.

신기한 것은 그 무렵부터 히로스케의 저택에 몸종인지 식모인지 모를 젊은 여자들이 날마다 새로 고용되더니 얼마 지나지 않아 방이 모자랄 정도로 그 수가 늘어났다는 점입니다.

이상향을 건설할 장소는 거듭 바뀐 끝에 결국 S군 남단에 고립된 먼바다섬으로 결정되었습니다. 그와 동시에 설계 사무소가 먼바다섬 위에 급조한 가건물로 옮겨졌고, 기술자를 비롯해 직공, 토공과 정체 모를 여자들도 모두 섬으로 넘어갔습니다. 머지않아 주문했던 여러 재료들이 줄지어 도착했고 섬 위에서는 드디어 이상한 대공사가 시작되었습니다.

고모다 가문의 친척을 비롯해 각종 사업 간부들이 히로스케의 이런 난폭한 행동을 눈 뜨고 보고만 있을 리 없었습니다. 사업이 진척되면 될수록 히로스케의 응접실에는 매일같이 설계 기술자들 틈에 그런 사람들이 몰려들어서는 언성을 높여 히로스케의 무모함을 비난하며 정체 모를 토목 사업을 중지하라고 요구했습니다. 그렇지만 그건 히로스케가 이 계획을 세우기 시작했을 때부터 이미 예상한 부분이었습니다. 원성을 잠재우기 위해서는 고모다 가문의 전 재산 중 반을 뚝 떼어 쾌척할 각오도 하고 있었습니다. 친척이라고 해도 모두 고모다 가문보다는 손아랫사람뿐이라 재산도 현격히 차이가 났으니까요. 어쩔 수 없는 경우에는 통 크게 돈을 나누어주어 간단히 그들의 입을 막으면 됐습니다.

그렇게 여러 의미로 전쟁 같은 1년이 흘렀습니다. 그사이에 히로스케가 어떠한 고초를 겪었는지, 몇 번이나 사업을 포기하려다가 어떻게 겨우 마음을 다잡았는지, 아내 지요코와의 관계가 얼마나 회복하기 어려운 지경에 이르렀는지, 그러한 점들은 이야기에 속도를 내기 위해 모두 독자 여러분의 상상에 맡기겠습니다. 요컨대 이 모든 위기에서 히로스케를 구해준 것은 고모다 가문에 축적된 막대한 부의 힘이었으며, 돈의 힘 앞에서는 불가능할 것이 없었다는 사실만 말해두지요.

13

그러나 온갖 난관을 뚫고 모든 사람을 침묵시킨 고모다 가문의 억만금도 단 한 사람, 지요코의 사랑 앞에서는 아무런 힘도 없었습니다. 비록 그녀의 친정은 히로스케의 뻔한 수단에 회유되었지만, 지요코의 달랠 길 없는 슬픔은 어쩔 도리가 없었습니다.

지요코는 살아 돌아온 남편의 이상한 기질 변화를, 이 불가사의한 사실을 어떻게 해석하면 좋을지 몰랐습니다. 털어놓을 이 하나 없는 슬픔을 꾹 참을 수밖에 없었지요.

남편의 난폭한 행동으로 고모다 가문의 재정이 위태로워진 것도 물론 근심스러웠지만 지요코는 그런 물질적인 사정보다는 오직 자신에게서 떠나버린 남편의 사랑을 어떻게 하면 되찾을 수 있을까, 도대체 왜 그 일을 기점으로 그때까지는 그렇게 열렬했던 남편의 사랑이 하루아침에 딴사람처럼 식어버렸을까 하는 고민만 밤이고 낮이고 계속했습니다.

'그분이 날 바라보는 눈빛에선 섬뜩함이 느껴져. 하지만 결코 날 미워하는 눈은 아니야. 미워하기는커녕 그 눈 속에서 여태껏 한 번도 보지 못했던, 첫사랑에 빠진 듯한 순수한 사랑마저 느껴진단 말이지. 그런데 또 그와는 반대로 그리 냉담한 태도를 보이시니 도대체 어찌 된 일일까. 그런 무시무시한 변고를 겪었으니 기질이나 체질이 예전과 달라졌다고 해도 이상할 건 없지만, 요즘엔 내 얼굴만 보면 무슨 무서운 사람이 다가오기라도 한 것처럼 도망칠 궁리만 하시니 아무리 생각해도 이해가 안 돼. 그렇게 내가 싫으시다면 단숨에 나를 내치실 일이지 그러지도 않고, 그렇다고 말을 모질게 하시는 것도 아니야. 그러면서 아무리 숨기시려고 해도 눈으로는 언제나 내게 달려들기라도 할 것처럼 이상하리만치 집착을 보이시니. 아아, 난 어떡하면 좋아.'

히로스케의 입장도 입장이지만 지요코의 입장 또한 참으로 묘했습니다. 게다가 히로스케에게는 사업이라는 큰 위안거리가 있으니 매일 많은 시간을 거기에 몰두하면 되었지만, 지요코에게는 그런 것도 없었습니다. 오히려 친정에서는 남편이 그런 일을 벌이도록 아내로서 가만히 보고만 있었느냐며 이러쿵저러쿵 나무랐지요. 그것만으로도 충분히 넌더리가 나는데 그녀를 위로해주는 사람은 결혼할 때 친정에서 따라온 늙은 유모 말고는 없었습니다. 남편의 사업도, 남편이란 사람도, 그녀와는 아무런 상관 없는 다른 세상 이야기였습니다. 그 외로움과 서글픔은 어디에도 비할 수 없었습니다.

히로스케도 당연히 이런 지요코의 슬픔을 누구보다 잘 알고 있었습니다. 대부분은 먼바다섬의 사무소에서 묵었지만 가끔 저택에 돌아와도 묘하게 거리를 두고 마음 터놓고 대화하려고 하지도 않았으며 밤에도 일부러 각방을 썼습니다. 이런 상황이다 보니 밤이면 지요코는 거의 매일 옆방에서 숨넘어갈 듯 소리 죽여 우는 눈치였지만, 달래줄 도리도 없고 자기도 그냥 따라 울어버리고 싶은 심정이 되곤 했습니다.

아무리 음모가 탄로 날까 두려웠다 해도, 이런 극히 부자연스러운 상태가 1년 가까이나 지속되었다니 기가 막힐 노릇이었습니다. 하지만 이 1년이 그들에게는 최대한이었습니다. 머지않아 사소한 계기로 그들에게 파탄의 날이 닥쳐온 겁니다.

그날은 먼바다섬의 공사가 거의 완성되고 토목과 조원 작업이 일단락된 기념으로 주요 관계자들이 고모다 저택에 모여 조촐한 주연을 벌인 날이었습니다. 히로스케는 드디어 자신의 꿈을 이룰 날이 머지않았다는 생각에 기고만장해져서 여기저기 떠들고 다녔고, 젊은 기술자들도 장단을 맞추려고 왁자지껄하는 바람에 자정이 넘어서야 자리가 파했습니다. 시중들던 동네 예기(藝妓)와 어린 기생들도 저마다 돌아가버렸습니다. 손님 중에는 고모다 저택에서 묵는 이가 있는가 하면, 어딘가로 자취를 감춘 이도 있어서 손님방은 마치 썰물이 빠진 흔적처럼 술잔과 그릇이 나뒹굴었습니다. 그런 가운데 술에 취해 고주망태가 된 한 사람이 히로스케, 그리고 그를 돌본 이가 아내 지요코였습니다.

다음 날 아침 웬일로 7시 정도밖에 되지 않은 시간에 일어나 나온 히로스케는 그 달콤한 추억과 그렇지만 말로 표현할 수 없는 회한으로 가슴이 쿵쾅거리는 걸 느끼며 몇 번이나 망설인 끝에 발소리를 죽이고 지요코의 방으로 들어갔습니다. 거기에는 파랗게 질린 채 꼼짝 않고 앉아 입술을 깨물고 가만히 허공을 응시하는, 마치 딴사람 같은 지요코가 있었지요.

"지요, 얼굴이 왜 그래?"

히로스케는 마음속으로는 거의 절망했지만 겉으로는 천연덕스럽게 물었습니다. 그러나 반쯤 예상한 대로 지요코는 여전히 허공을 응시한 채 아무 대답이 없었습니다.

"지요……"

히로스케는 다시 한번 부르려다 문득 입을 다물었습니다. 지요코의 쏘아보는 시선과 마주쳤기 때문입니다. 히로스케는 그 눈을 보는 순간

전부 알았습니다. 우려한 대로 자신의 몸에 죽은 겐자부로와는 다른 특징이 있었던 겁니다. 그것을 지요코가 어젯밤에 발견했고요.

어느 순간 지요코가 화들짝 놀라며 자신에게서 몸을 떼더니 죽은 사람처럼 얼어붙던 장면이 어렴풋이 기억났습니다. 그때 어떤 사실을 알아차렸겠지요. 오늘 아침부터 그녀는 파랗게 질린 채 무시무시한 의혹을 점점 선명하게 떠올렸습니다. 히로스케가 처음부터 지요코를 얼마나 경계했던가요. 1년이라는 긴 시간 동안 불타오르는 마음을 꾹 억누르며 참고 또 참은 것은 다 이런 파탄을 피하기 위함이었습니다. 그런데 단 하룻밤의 방심으로 돌이킬 수 없는 실수를 저지르다니요. 다 틀렸습니다. 지요코의 의혹은 이제 더 짙어지면 짙어졌지 결코 풀리지는 않을 터입니다. 혹시라도 지요코가 혼자서 비밀을 조용히 가슴에 묻어준다면 그리 겁내지 않아도 되겠지만, 그녀가 왜, 이를테면 진짜 남편의 원수이자 고모다 가문의 재산을 빼돌린 자를 가만히 두고 보겠습니까. 곧 이 사실은 경찰의 귀에 들어갈 겁니다. 그리고 실력 있는 탐정이 낱낱이 수사하다 보면 언젠가는 진상이 만천하에 드러날 게 불 보듯 뻔했습니다.

'아무리 술에 취했어도 그렇지 그런 돌이킬 수 없는 일을 저지르다니. 뒤처리는 어떻게 할 작정이냐고!'

히로스케는 백 번 천 번 후회해도 모자란 심정이었습니다.

그렇게 그들 부부는 지요코의 방에서 그대로 마주한 채 둘 다 한마디 말도 없이 한참을 서로 노려보았습니다. 마침내 지요코가 겁에 질린 채 겨우 입을 뗐습니다.

"죄송하지만 제가 도저히 말할 기분이 아니에요. 제발 절 혼자 있게 해주세요."

그러더니 그 자리에 와락 엎드리고 말았습니다.

14

히로스케가 지요코를 살해하기로 결심한 때는 그 일이 있은 지 꼭 나흘째였습니다.

지요코는 한때 그렇게까지 히로스케에게 적의를 품었지만, 곰곰이 생각해보니 설령 어떤 확증을 보았기로서니 그래서 그분이 겐자부로가 아니면 도대체 누구란 말인가, 이 세상에 그렇게 빼닮은 사람이 존재할 리 있을까 싶었습니다. 하긴 넓은 일본 땅을 샅샅이 뒤지면 꼭 닮은 얼굴을 가진 사람이 없지는 않겠지만, 그런 판박이 같은 사람이 설사 있더라도 그 사람이 하필 겐자부로의 묘지에서 되살아나 요술이나 마법처럼 교묘하게 흉내를 낼 리 없었습니다. '어쩌면 내 망상일지도 몰라.' 이런 생각이 들자 그리 경거망동한 것이 남편에게 미안할 지경이었습니다.

하지만 한편으로는 되살아난 이후 남편의 급격한 기질 변화나 먼바다섬에서 벌이는 정체 모를 대공사, 자신을 대하는 이상하리만치 데면데면한 태도, 그리고 그 피할 도리 없는 확실한 증거까지 하나하나 떠올려보면 역시 어딘지 모르게 의심스러웠습니다. 혼자 끙끙대기보다는 차라리 누군가에게 속 시원히 털어놓고 상담해볼까 싶기도 했습니다.

히로스케는 그날 밤 이후 걱정이 되어, 병이 났다고 둘러대고는 저택에 틀어박혀서 섬의 공사장에도 가지 않고 조용히 지요코의 일거수일투족을 감시했습니다. 그런 끝에 그녀의 심경 변화를 대강 파악할 수 있었습니다. 이 정도면 일단 안심해도 되겠다 싶다가도, 그 일이 있은 뒤로는 히로스케의 수발을 몸종에게 일임하고 절대 자신 곁에 오지도 않고 웬만하면 말도 나누려 하지 않는 모습을 보니 아무래도 마음이 놓이지 않았습니다. 어쩌다 비밀이 밖으로 새어 나갔기라도 하면, 아니 꼭 밖으로 새어 나가지 않더라도 이미 저택 안의 하인들 사이에 소문이 퍼졌을지도 모른다고 생각하자 더욱더 미칠 지경이라 나흘 동안 고심한 끝에 그는 결국 그녀를 죽이기로 마음먹었습니다.

그리고 그날 오후 히로스케는 지요코를 자기 방으로 불러 태연한 척하며 이렇게 말을 꺼냈습니다.

"몸도 많이 좋아졌고 이제 다시 섬에 나가볼까 하는데, 이번에는 공사가 완전히 끝날 때까지 집에 못 돌아올 거야. 그래서 말인데 당신과 함께 가서 그동안 섬에서 같이 지냈으면 하는데. 어때? 기분 전환도할 겸 가지 않겠어? 또 내가 벌이는 기묘한 사업도 이제 거의 완성된참이라 당신에게 한번 보여주고 싶기도 하고."

그러자 지요코는 여전히 의심 가득한 기색으로 이러쿵저러쿵 핑계를 대며 히로스케의 제안을 거절하기 바빴습니다. 히로스케는 그런 지요코를 어르기도 하고 협박하기도 하면서 30분가량이나 입에 단내가나게 설득하느라 진땀을 뺀 끝에 마침내 반 강제로 그녀의 승낙을 얻어냈습니다. 그랬다는 건 지요코가 히로스케를 의심하고 두려워하면서도마음 한편에서는 비록 겐자부로가 아닐지라도 히로스케에게 애착을 느끼고 있었다고밖에 볼 수 없겠지요. 가기로 하고서도 다시 유모를 데려갈지 말지를 두고 약간의 실랑이를 벌인 끝에 결국 유모도 두고 둘이서만 그날 오후 열차를 타기로 결정했습니다. 섬에 가면 많은 여인들이있으니 유모가 가지 않아도 불편할 리 없다는 이유였습니다.

기차를 타고 한 시간쯤 해안을 달려 종점인 T역에 이르렀습니다. 거기에서 준비된 모터보트를 타고 거친 파도를 헤치며 다시 한 시간쯤 가자 머지않아 목적지인 먼바다섬이 나왔습니다.

지요코는 오랜만에 떠나는 남편과의 둘만의 여행에 뭔지 모를 공포를 느끼면서도 한편으로는 이상하게 즐거웠습니다. 제발 그날 밤 일은 자신의 착각이기를 바라면서 말이지요. 기쁘게도 남편은 기차 안에서나 배 위에서나 전에 없이 다정하고 말수도 많았으며, 이것저것 그녀를 챙겨주거나 창밖을 가리키며 지나가는 풍경을 감상하기도 했습니다. 옛 신혼여행이 떠오를 정도로 묘하게 달콤하고 정답게 느껴졌습니다. 자연히 끔찍한 의심도 어느새 스르르 잊어버렸습니다. 지요코는 비록 내일 어떻게 되든 그저 지금 이 즐거움이 조금이라도 오래 지속되기를 빌 뿐이었습니다.

배가 먼바다섬에 다가가자 섬 해안에서 40미터쯤 떨어진 곳에 엄청나게 큰 부표 같은 물체가 떠 있었습니다. 그 옆에 나란히 배를 댔습니다. 부표의 표면은 사방 4미터 정도에 철로 되어 있었고 중앙에는 배의 해치처럼 작은 구멍이 뚫려 있었습니다. 두 사람은 배에서 내려 부표 위에 발을 내디뎠습니다.

"여기에서 다시 한번 섬 위를 살펴봐. 저기 저 바위산처럼 높이 솟은 건 전부 콘크리트로 만든 벽이야. 밖에서 보면 그저 섬의 일부로 보이겠지만 저 안에는 아주 멋진 게 숨어 있지. 그다음에 바위산 위로 머리를 내밀고 있는 높은 발판 있지? 저것만 아직 미완성이라 지금 공사 중인데, 저기에는 어마어마하게 큰 행잉 가든, 쉽게 말해 천상의 화원이 생길 예정이야. 그럼 이제부터 내 꿈의 나라를 구경해볼까. 겁낼 것 하나 없어. 이쪽 입구로 내려가면 바닷속을 통과해서 금방 섬 위로 나가게 되어 있어. 자, 손을 끌어줄 테니 내 뒤를 따라와."

히로스케는 다정하게 말하고는 지요코의 손을 잡았습니다. 히로스케도 지요코와 마찬가지로 둘이서 손을 잡고 바닷속을 건넌다고 생각하니 왠지 모르게 기뻤습니다. 머지않아 그녀를 제 손으로 죽여야 한다고 생각하면서도, 오히려 그래서 그녀의 부드러운 피부 감촉이 더욱더 애처롭고 정답게 느껴졌습니다.

해치로 들어가서 땅속으로 곧게 파인 어두운 굴을 10미터쯤 내려가자 일반적인 건물 복도쯤 되는 너비의 길이 가로로 쭉 터널처럼 뚫려 있었습니다. 지요코는 그 길에 한 걸음 내딛자마자 저도 모르게 악 하고 비명을 질렀습니다. 그곳은 상하좌우로 모두 해저를 내다볼 수 있게 유리로 둘러싼 터널이었습니다.

콘크리트 틀에 두꺼운 판유리를 대고 바깥쪽에는 아주 밝은 전등을 달아놓아서 머리 위며 발아래, 좌우 할 것 없이 반경 4, 5미터의 기이한 물속 광경이 손에 잡힐 듯이 바라다보였습니다. 미끈거리는 검은 암석과 거대한 동물의 갈기처럼 휘날리는 갖가지 해초, 육지에서는 상상도 못할 온갖 잡다한 어류들의 유영, 여덟 개의 다리를 수레바퀴처럼 펼치고 섬뜩한 빨판을 부풀려 유리판에 커다랗게 딱 달라붙은 왕문어, 물속에 사는 거미처럼 바위 표면에서 꿈틀거리는 새우까지, 그것들이 강렬한 전등 빛을 받으며 물의 두께 탓에 흐릿하게 보였습니다. 먼 쪽은 삼림처럼 검푸르렀는데 거기에는 정체를 알 수 없는 괴물들이 드글거리는 듯했습니다. 이 악몽 같은 광경은 육지에서는 감히 상상도 못할 정도였습니다.

"어때, 놀랍지? 그런데 여긴 아직 입구에 불과해. 저쪽으로 가면 더 재밌는 광경이 펼쳐질 거야."

66

히로스케는 머리카락이 쭈뼛 서는 섬뜩함에 파랗게 질린 지요코를 달래며 아주 득의양양하게 설명했습니다.

15

고모다 겐자부로로 탈바꿈한 히토미 히로스케였던 남자와 그의 아내이면서 아내가 아닌 지요코의 이 기막힌 신혼여행은 무슨 운명의 장난일까요. 이렇게 히로스케가 만들어낸 이른바 꿈의 나라이자 지상낙원을 떠돌아다니게 되다니 말입니다.

두 사람은 한편으로 서로에게 무한한 애착을 느끼면서도, 다른 한편으로는 히로스케는 지요코를 없앨 궁리를 하고, 지요코는 히로스케에게 무시무시한 의혹을 품은 채 서로가 서로의 의중을 떠보기 바빴습니다. 하지만 그것은 상대의 적의를 자극하기는커녕 이상하게도 달콤하고 정겨운 감정을 자아냈습니다.

히로스케는 걸핏하면 지요코를 죽이려는 결심을 접고 지요코와의 이 기묘한 사랑에 몸도 마음도 내맡겨버릴까 생각하며 갈피를 잡지 못했습니다.

"지요, 쓸쓸하지는 않아? 이렇게 나와 단둘이서 바닷속을 걷는 거말이야. ……무섭다거나?"

히로스케는 문득 그런 말을 던졌습니다.

"아뇨, 전혀 무섭지 않은걸요. 사실 저 유리 너머로 보이는 바닷속 풍경은 몹시 섬뜩하지만 당신이 곁에 있어주신다고 생각하니 하나도 무섭지 않아요."

지요코는 약간 어리광을 부리며 히로스케의 곁에 바싹 붙어 대답했습니다. 어느덧 그 무시무시한 의심은 잊어버리고 그녀는 지금 그저 눈앞의 즐거움에 취하기라도 한 걸까요.

유리 터널은 기묘한 곡선을 그리며 뱀처럼 끝없이 이어졌습니다. 몇백 촉광의 전등이 비추는데도 바닷속의 가라앉은 어둠에는 역부족이었습니다. 내리누르는 듯한 싸늘한 공기와 아득히 머리 위로 밀려오는 파도의 땅울림, 유리 너머로 보이는 검푸른 세계에서 꿈틀거리는 생물들은 결코 이 세상 풍경이 아니었습니다.

지요코는 가면 갈수록 처음에 느꼈던 맹목적인 전율이 점차 경이로움으로 바뀌었습니다. 더 익숙해지자 꿈을 꾸는 것도 같고 환상 같기도 한 해저 좁은 길의 매력에 묘하게 도취되었습니다.

전등 빛이 닿지 않는 먼 곳에 있는 물고기들은 여름밤 강 수면을 어지럽게 날아다니는 반딧불이처럼 눈알만 상하좌우로, 혜성의 꼬리를 끌듯 괴이한 인광을 발하며 엇갈려 다니고 있었습니다. 그 물고기들이 전등 빛을 쫓아 유리판 가까이 다가올 때마다 빛과 어둠의 경계를 넘나들며 서서히 갖가지 형태와 가지각색의 빛깔이 불빛 아래에 펼쳐지는 기이한 광경을 무엇에 비해야 좋을까요. 거대한 입을 정면으로 향하고 꼬리와 지느러미를 멈춘 채 잠수정처럼 휙 물살을 가르는 모습은 안개 속처럼 어렴풋했다가 순식간에 커지더니 곧 영화 속 기차처럼 얼굴에 부딪칠 기세로 코앞까지 다가왔습니다.

유리 길은 올라갔다 내려갔다 좌로 우로 굽어지며 섬 연안을 따라 몇십 미터나 이어졌습니다. 꼭대기까지 올라가면 해수면과 유리 길의 천장이 엇비슷해져서 전등 빛이 아니라도 주위의 모습이 손에 잡힐 듯이 훤히 보였고, 밑바닥으로 내려가면 몇백 촉광의 전등도 겨우 50센티

미터쯤 희부옇게 비출 뿐이고 그 너머에는 지옥 같은 어둠이 끝도 없이 이어졌습니다.

　바다 가까이서 자라서 바다에 익숙한 지요코도 이렇게 직접 해저를 여행한 적은 물론 처음이었습니다. 그러니 그 기이함과 현란함, 불쾌함, 그러면서도 묘하게 사람을 홀리는 인간 세계를 벗어난 아름다움, 두려울 만큼 생생한 해저의 별세계에 문득 형언하기 어려운 유혹 같은 걸 느낀 것도 당연했습니다. 그녀는 육지에서 딱딱하게 말려놓은 모습을 봤을 때는 아무 느낌도 없었던 갖가지 해초들이 호흡하고, 자라나며, 서로를 어루만지고, 때로는 싸우며, 알 수 없는 언어로 이야기를 나누기까지 하는 것을 보니 살아 움직이는 해초들의 모습이 너무 기묘하게 느껴져 몸이 움츠러들었습니다.

　대삼림을 이룬 갈색 다시마들은 폭풍우가 휘몰아치는 숲에서 우듬지가 서로 뒤엉키듯이 바닷물의 작은 움직임에 따라 흔들거리고 있었습니다. 썩어 문드러져서 구멍이 뻥뻥 뚫린 얼굴처럼 섬뜩한 구멍쇠미역, 미끈거리는 살갗을 떨며 볼품없는 손발을 버둥거리는, 마치 왕거미 같은 홋카이도미역, 물속의 선인장처럼 보이는 감태, 커다란 야자나무에나 비할 법한 모자반, 징그러운 회충의 이모뻘인 끈말, 초록 불꽃처럼 타오르는 파래, 대평원을 이룬 청각채, 그것들이 빼곡히 해저를 뒤덮고 있어서 바위 표면은 군데군데 조금밖에 보이지 않았습니다. 뿌리 쪽은 어떤 모습인지, 그곳에 어떤 무시무시한 생물이 둥지를 틀고 있는지 알 길이 없고, 그저 윗부분인 이파리 끝만 무수한 뱀 대가리처럼 뒤엉키고 들러붙으며 으르렁거렸습니다. 그 모습을 검푸른 해수층 너머로 흐릿한 전등 빛에 의지해 바라보았습니다.

　어떤 곳은 무슨 대학살의 흔적인가 싶을 정도로 거무칙칙한 핏빛으로 물든 홍조류(紅藻類) 해조(海藻)가 풀숲을 이루고 있었습니다. 빨간 머리 여인의 헝클어진 머리칼 같은 보라털, 닭발처럼 생긴 바다술, 거대한 붉은 지네처럼 보이는 참지누아리, 그중에서도 유독 기분 나쁜 것은 맨드라미 꽃밭을 해저에 가라앉혀놓은 듯한 선홍색 갈래곰보 덤불이었습니다. 캄캄한 바닷속에서 보는 붉은색은 너무 끔찍해서 도저히 지상에서는 상상도 못할 정도였습니다.

게다가 그 질척질척한 수많은 뱀 혀가 노랗게 파랗게 빨갛게 뒤엉켜 괴이한 무리를 이루고 있는 걸 헤치며, 앞서 말한 수십 수백 마리의 반딧불이가 어지럽게 날아다녔습니다. 그러다가 전등 빛이 미치는 곳으로 들어오면 환등기로 비춘 그림처럼 저마다 불가사의한 모습을 드러냈습니다. 표독하게 생긴 괭이상어와 두툽상어가 핏기가 가신 점막으로 덮인 허연 배를 보이며 순식간에 시야를 가로질렀습니다. 때로는 깊은 원한이 서린 눈을 부라리며 유리 벽으로 돌진해서는 물어뜯어 부수려고까지 했습니다. 그럴 때마다 유리판 너머에 달라붙은 상어들의 탐욕스럽고 두툼한 입술은 꼭 부녀자를 협박하는 불량배의 침으로 범벅된 뒤틀린 입술 같아서, 그 모습에서 어떤 장면을 연상하고는 지요코는 저도 모르게 부들부들 떨었습니다.

작은 상어류를 해저의 맹수에 비유한다면, 유리 길에 나타나는 어류는 무엇으로 볼 수 있을까요? 가오리는 물에 사는 사나운 새에도 비할 수 있겠고, 붕장어나 곰치 종류는 독사겠지요. 살아 있는 어류라면 기껏해야 수족관의 유리 수조 속에서만 본 육지 사람들은 이런 비유를 너무 과장스럽다고 생각할지도 모르겠습니다. 그러나 먹으면 독도 약도 되지 않게 온순해 보이는 새우가 바닷속에서는 어떤 모습인지, 또 바다뱀의 친척뻘 되는 붕장어가 해조 사이를 지나다니며 얼마나 섬뜩한 곡선 운동을 하는지는 실제로 바닷속에 들어와 그 모습을 본 사람이 아니면 상상하기 어렵습니다.

만약 공포에 물들었을 때 아름다움이 한층 깊어진다면 세상에 해저 풍경만큼 아름다운 것은 없을 테지요. 적어도 지요코는 처음 하는 이 경험을 통해 태어나서 일찍이 맛보지 못한 몽환 세계의 아름다움을 접한 느낌이었습니다. 그때 어둠의 저편에서 무언가 거대한 물체의 기척이 났습니다. 두 개의 인광이 희미해지면서 서서히 전등 빛 안으로 모습을 드러낸 것은 줄무늬가 선명한 두동가리돔이었습니다. 그 위풍당당한 모습에 지요코는 무심결에 감탄을 내뱉었습니다. 공포와 환희로 파랗게 질려 남편의 소매에 매달렸을 정도입니다.

푸르스름하게 빛나는 풍만한 마름모꼴 몸집에 붓으로 두 줄, 굵게 비스듬히 그은 듯한 선명한 흑갈색 줄무늬가 전등에 비쳐서 거의 금색으로 빛나고 있었습니다. 요부처럼 언저리가 짙고 또렷한 커다란 눈에 튀어나온 입술, 그리고 등지느러미 한 가닥이 전국 시대 장수의 갑옷 장식처럼 눈부시게 뻗어 있었지요. 두동가리돔이 몸을 크게 출렁이며 유리판에 다가왔다가 방향을 바꾸어 유리판과 나란히 붙어 스칠 듯이 지요코의 눈앞에서 헤엄쳐나가기 시작했을 때 그녀는 또다시 감탄을 내지르고 말았습니다. 그것이 캔버스 위에 화가가 그린 도안이 아니라, 한 마리의 생물이라는 사실이 경이로울 따름이었습니다. 장소가 장소인 만큼 섬뜩한 해초와 검푸르게 가라앉은 물을 배경으로 희미한 전등 빛에 의지해 바라봤기 때문이겠지요. 그녀가 받은 충격은 결코 과장이 아니었습니다.

그런데 앞으로 갈수록 지요코는 이제 물고기 한 마리에 놀랄 여유가 없었습니다. 유리판 바깥에서 차례로 지요코를 보내고 맞이하는 어류의 엄청난 숫자와 선명한 빛깔, 섬뜩하면서도 아름다운 모습 때문이었습니다. 자리돔, 병치돔, 육동가리돔, 아홉동가리 중 어떤 것은 줄무늬가 자줏빛 금색으로 빛났고, 어떤 것은 그림물감을 칠한 듯한 얼룩무늬였습니다. 만약 이런 표현이 가능하다면 '아름다운 악몽'이랄까요. 정말로 사람을 전율하게 하는 아름다운 악몽 그 자체였습니다.

"아직 놀라긴 일러. 내가 당신한테 보여주고 싶은 건 이제부터 시작이니까. 내가 온갖 충고를 물리쳐가며 전 재산을 내놓고 일생을 바칠 각오로 시작한 일이야. 아직 완성된 건 아니지만 내가 만든 예술품이 얼마나 멋들어진지 누구보다 당신에게 먼저 보여주고 싶어. 그리고 당신의 평가를 듣고 싶군. 아마 당신이라면 내 일의 가치를 알아줄 거라고 생각해. ……자, 여길 한번 들여다봐. 이렇게 보면 바닷속이 또 다르게 보여."

히로스케가 신이 나서 속삭였습니다.

그가 가리킨 곳을 보자 유리판 아랫부분이 지름 10센티미터 정도로 묘하게 볼록 튀어나와 있었습니다. 마치 다른 유리를 끼워 넣은 모양새였습니다. 남편의 말대로 지요코는 등을 굽혀 쭈뼛쭈뼛 눈을 갖다 댔습니다. 처음에는 시야 전체에 떼구름 같은 것이 확 퍼져서 뭐가 뭔지 알 수 없었지만, 눈을 앞뒤로 뗐다 붙였다 해보니 곧 맞은편에서 무시무시한 물체가 꿈틀거리는 모습이 똑똑히 보이기 시작했습니다.

16

지면에는 한 아름은 되어 보이는 암석들이 데굴데굴 굴러다녔고,

위쪽에는 마치 비행선의 가스주머니를 세워놓은 크기의 갈색 주머니들
이 수도 없이 떠올라서 물결을 따라 너울너울 흔들리고 있었습니다. 그
기이한 광경에 넋을 잃고 잠시 들여다보고 있자 커다란 주머니들 뒤쪽
의 물이 이상하게 진동하는가 싶더니 주머니들 사이를 헤치고 그림에
서나 본 태곳적의 비룡인가 하는 생물을 닮은 무시무시하고 거대한 짐
승이 어슬렁어슬렁 기어 나왔습니다. 지요코는 깜짝 놀라서 마치 자석
에 이끌리듯 몸을 뗄 힘도 없었습니다. 그와 동시에 상황이 조금씩 파
악되기 시작했습니다. 어느 정도 짚이는 구석도 있어서 지요코는 그대
로 꼼짝 않고 기이한 생물체를 지켜보았습니다. 그것이 정면을 향하
자 얼굴 크기가 비행선의 가스주머니보다 몇 배나 컸습니다. 괴물은 얼
굴 전체가 가로로 쩍 갈라지도록 거대한 입을 뻐끔거리며 그야말로 비
룡처럼 등에 높이 솟아오른 돌기들을 흔들흔들 움직이면서 울퉁불퉁한
짧은 다리로 한 발 한 발 다가왔습니다. 그것이 지요코의 눈앞으로 다
가왔을 때의 두려움은 어땠을까요. 정면에서 보면 거의 얼굴만 보이는
짐승이었습니다. 짧은 다리 위에 바로 입이 벌어져 있고, 코끼리처럼
가느다란 눈이 곧장 등의 돌기로 이어져 있었습니다. 살갗은 요철이
몹시 많고 까칠까칠했으며, 그 위로 흉측한 반점이 검게 도드라져 있
었습니다. 그것이 못해도 작은 산만 한 크기로 생생하게 눈에 들어왔
습니다.

　"여보, 여보……"

　지요코는 가까스로 눈을 떼고는 혼이 나간 얼굴로 남편을 뒤돌아보
았습니다.

　"이런, 겁낼 것 없어. 그건 도수 높은 돋보기야. 지금 당신이 본 건,
자, 여기 이 보통 유리로 한번 보라고. 저렇게 자그마한 물고기일 뿐이

잖아. 아귀류야. 저 녀석은 저렇게 지느러미가 변형된 다리로 바다 밑을 기어 다닐 수도 있어. 아, 저 주머니 같은 건 말이지. 저건 보다시피 해조의 일종인데 긴불레기말이라고 부르는 모양이야. 꼭 주머니 같지? 그럼, 저쪽으로 더 가볼까. 아까 뱃사람에게 일러두었으니 제때 도착한다면 잠시 뒤에 재밌는 걸 보게 될 거야."

지요코는 남편의 설명을 듣고도 무섭지만 자꾸 보고 싶은 기묘한 유혹을 뿌리치기 힘들었습니다. 히로스케가 장난삼아 만든 렌즈 장치를 들여다보고 또 들여다봤습니다.

그런데 마지막에 지요코를 가장 놀라게 한 것은 그렇게 잔재주를 부려 만들어놓은 렌즈 장치도, 흔하디흔한 해조류와 어개류(魚介類)도 아닌, 그것들보다 몇 배나 농염하고, 산뜻하면서 아름다운, 그리고 섬뜩한 어떤 존재였습니다.

얼마간 걷던 지요코는 아득히 머리 위로 어렴풋한 소리랄까 일종의 파동 같은 것을 느꼈습니다. 그때 문득 어떤 예감이 그녀의 발을 멈춰세웠고요. 그러자 어마어마하게 큰 물고기 같은 것이 무수한 잔거품이 이는 꼬리를 끌며 어두운 물속을 뚫고 무서운 속도로 멀어졌습니다. 이상하리만치 매끈매끈한 흰 몸이 전등 빛에 언뜻 비치는가 싶더니 먹이를 찾아 촉수를 움직이는 해조 덤불 속으로 모습을 감추어버렸습니다.

"여보……"

지요코는 또다시 남편의 팔에 매달렸습니다.

"잘 봐, 저기 해조 쪽을 잘 보라고."

히로스케는 그녀를 격려하듯이 속삭였습니다.

홍조류 해조가 불길에 휩싸인 양탄자처럼 깔린 바닥이 한 군데만 이상하게 헝클어져 있었는데, 거기에서 진주처럼 윤기 나는 물거품이 무수히 피어올랐습니다. 자세히 보니 물거품이 이는 곳에는 창백하고 매끄러운 물체가 넙치처럼 해저에 딱 달라붙어 있었습니다.

잠시 뒤 다시마인 줄 알았던 검은 머리카락이 아지랑이처럼 천천히 흔들리다가 헝클어지더니 그 밑에서 하얀 이마와 두 개의 웃는 눈, 그리고 이를 드러낸 붉은 입술이 차례로 나타났습니다. 엎드린 채 얼굴만 정면을 향한 자세 그대로 그녀는 서서히 유리판 쪽으로 다가왔습니다.

"놀라지 마. 저 여잔 내가 고용한 잠수부야. 우리를 마중 나온 거라고."

비틀비틀 쓰러지려고 하는 지요코를 붙잡아 안으며 히로스케가 설명했습니다. 지요코는 숨을 헐떡이며 어린아이처럼 외쳤습니다.

"몰라요, 놀랐잖아요! 이런 바닷속에 사람이 있다니요!"

해저의 나체 여인은 유리판 가까이로 오더니 떠오르듯이 두둥실 일어섰습니다. 머리 위로 소용돌이치는 검은 머리칼과 고통스럽게 일그러진 웃는 얼굴, 둥둥 떠오른 젖가슴, 몸 전체에 빛나는 물거품이 이는 모습으로 여인은 유리벽을 손으로 짚으며 안쪽에 있는 두 사람과 나란히 천천히 걷기 시작했습니다.

두 사람은 유리를 사이에 두고 인어가 이끄는 대로 따라갔습니다. 해저의 좁은 길은 가면 갈수록 이리저리 굽어 있는 데다 고의인지 우연인지 군데군데 유리가 묘하게 일그러져 있었습니다. 그런 곳을 통과할 때마다 나체 여인의 몸이 두 동강 나거나, 때로는 몸통과 떨어져서 머리만 공중에 날아다니고, 어떤 때는 얼굴만 비정상적으로 크게 확대되었습니다. 지옥인지 극락인지, 어느 쪽이든 이 세상 일이라고 보기 힘든 불가사의한 일들이 악몽처럼 차례차례로 일어났습니다.

그런데 머지않아 인어는 숨을 더 이상 참지 못하고 폐에 모아둔 공기를 휴 하고 내뱉었습니다. 입에서 나온 엄청난 거품들이 떼를 지어 아득한 공중으로 사라질 무렵, 그녀는 마지막으로 웃어 보이고는 손발을 지느러미처럼 내저어 훨훨 떠올랐습니다. 그러고는 개구쟁이 사내아이가 분해서 발을 동동 구르듯이 두 다리를 공중에서 발버둥 쳤습니다. 이윽고 하얀 발바닥만 멀리서 흔들리다가 마침내 나체 여인의 모습은 시야에서 사라졌습니다.

17

이 기묘한 해저 여행으로 지요코의 마음은 인간 세계의 상식에서 벗어나 어느덧 끝없는 몽환의 경계를 헤매게 되었습니다. T시도, 거기에 있는 고모다 가문의 저택도, 친정 식구들도 모두 먼 옛날의 꿈만 같았고 부모와 자식, 부부, 주종 같은 인간 세계의 관계 따위는 안개처럼 의식 밖으로 희미해지고 말았습니다. 대신 영혼을 잠식하는 속세 밖의 고혹과 진짜 남편이든 아니든 오직 눈앞에 있는 한 사람의 이성에게 느끼는, 몸도 마음도 저릿저릿한 사모의 정만이 어두운 밤하늘의 불꽃처럼 선명하게 그녀의 마음에 자리 잡았지요.

"자, 이제부터 길이 좀 어두워. 위험하니까 손을 끌어줄게."

이윽고 유리 길이 끝나는 곳에 이르자 히로스케가 지요코 쪽으로 뒤돌아보며 다정하게 말했습니다.

"네."

지요코는 히로스케의 손을 꼭 붙잡았습니다.

길이 갑자기 어두워지더니 암석을 파서 만든 동굴 같은 곳으로 꺾여 들어갔습니다. 한 사람이 겨우 지나갈 만큼 좁은 길이었습니다. 벌써 지상으로 나온 것인지 아직 바닷속에 있는 바위굴인지 지요코는 도무지 상황 파악이 되지 않았습니다. 무섭다고 생각하면 이보다 무서울수 없는 상황이었지만, 그보다는 피가 통할 만큼 손끝을 맞잡은 남자의 팔 힘에 마음이 설레어서 그것만으로도 이미 가슴이 벅차 어둠의 공포 따위에 신경 쓸 여유조차 없었습니다.

어둠 속을 더듬고 더듬어 지요코가 느끼기에 1킬로미터는 걸었겠다 싶을 무렵이었습니다. 사실은 몇 미터밖에 되지 않는 거리였지만요. 갑자기 시야가 확 트이더니 참으로 웅대한 풍경이 펼쳐졌습니다. 지요코가 저도 모르게 놀라서 소리를 내질렀을 정도입니다.

눈 닿는 곳에 온통 거의 일직선으로 어마어마하게 큰 계곡이 가로 놓여 있었고, 양쪽 기슭에는 하늘을 찌를 듯한 절벽이 아찔하게 펼쳐져 있었으며, 그 사이에는 폭이 약 50미터쯤 되는 잔잔한 진녹색 물이 저 멀리까지 가득 차 있었습니다. 언뜻 보면 커다란 천연 계곡 같았지만, 자세히 보면 모든 게 인공적이라는 사실이 차츰 눈에 들어왔습니다. 그렇다고 조잡하게 손을 댄 흔적이 조금이라도 남아 있다는 뜻은 아닙니다. 다만 이를 천연의 풍경이라고 보기에는 지나치게 잘 정돈되어 있다고 할까, 불순물이 없어도 너무 없었던 것입니다. 물에는 먼지 하나 떠 있지 않았고, 낭떠러지에는 잡초 한 포기 자라 있지 않았습니다. 바위는 하나같이 잘라놓은 양갱처럼 매끈매끈하고 어두운 빛깔로 널려 있었으며 그 어둠이 물에 비쳐서 물까지 옻칠을 한 듯 까맸습니다. 그러니 아까 시야가 트였다는 말도 결코 일반적으로 말하듯이 밝게 확 트인 것이 아닙니다. 골짜기의 앞뒤 깊이는 안개가 낄 정도로 깊고 절벽은 올려다봐야 할 정도로 높았는데, 전체적으로 요부의 짙고 또렷한 눈

언저리처럼 요염하고도 거무스름해서 밝은 곳이라고는 절벽과 절벽 사이로 틈틈이 보이는 조그만 하늘뿐이었습니다. 그마저도 평지에서 보는 밝은 하늘이 아니라 낮이었지만 해 질 녘처럼 짙은 회색이었으며 거기에 별까지 반짝였습니다. 더 이상한 점은 이 계곡은 골짜기라기보다 오히려 매우 깊으면서도 좁고 긴 연못이라고 부르는 편이 어울릴 정도로 양 끝이 막혀 있다는 것이었습니다. 한쪽에는 방금 두 사람이 해저에서 나온 통로가 있었고, 다른 한쪽에는 반대편이 아득하고 안개로 뿌연 기묘한 계단 끄트머리가 있었습니다. 계단은 양쪽 낭떠러지의 거리가 차츰 좁아지다가 합쳐지는 곳에서 시작해 수면에서 일직선으로 구름을 뚫고 들어갈 듯이 우뚝 솟아 있었습니다. 여기만 유독 새하얀 신기한 돌계단이었습니다. 주위가 온통 검은 가운데서 아름답게 한 가닥 선을 그으며 폭포처럼 떨어지는 모습은 그 단순한 구도 덕분에 한층 숭고한 아름다움이 돋보였습니다.

지요코가 이 웅대한 풍경에 넋을 놓고 있는 중이었습니다. 히로스케가 무슨 신호를 보낸 모양인지, 문득 정신을 차리고 보니 어느샌가 아주 커다란 백조 두 마리가 나타나 위풍당당하게 목덜미를 들어 올린 채 풍만한 가슴 주변에 두세 줄의 잔잔한 파문을 일으키며 조용조용 두 사람이 서 있는 물가로 다가왔습니다.

"어머나, 이렇게 큰 백조를 봤나!"

지요코의 경탄과 거의 동시에 백조 한 마리의 목에서 아름다운 여인의 목소리가 흘러나왔습니다.

"어서 타시지요."

그러자 히로스케는 지요코가 놀랄 틈도 주지 않고 그녀를 감싸 안아 앞에 떠 있는 백조의 등에 태우고는 자신도 다른 백조에 올라탔습니다.

"놀랄 것 없어. 지요코, 이들도 다 내 부하야. 백조들이여, 우리 둘을 저 반대편에 있는 돌계단까지 옮겨다오."

사람의 말까지 할 정도니 백조는 분명 주인의 명령도 이해했겠지요. 백조들은 열을 맞춰 옻칠한 듯한 수면에 순백의 그림자를 떠내려 보내며 조용히 헤엄치기 시작했습니다. 지요코는 이 황당한 상황에 어안이 벙벙했지만, 잠시 뒤 정신을 차리고 보니 그녀의 넓적다리 밑에서 꿈틀거리는 것은 결코 물새의 근육이 아니라 분명 깃털로 뒤덮인 사람의 육체였습니다. 모르긴 몰라도 한 여인이 백조 복장 속에 들어가서 엎드린 채 팔과 다리로 물을 헤치며 앞으로 나아가는 것이겠지요. 꿈틀꿈틀 움직이는 유연한 어깨나 엉덩이에 붙은 살의 형태, 옷을 통해 전해지는 피부의 온기는 모두 사람, 그중에서도 젊은 여성의 것이었습니다.

그런데 백조의 정체를 가릴 틈도 없이 지요코는 더욱 기괴한, 혹은 화려하고 아름다운 어떤 광경에 눈이 휘둥그레졌습니다.

백조가 50미터쯤 갔을 때 지요코 옆쪽의 물밑에서 무언가가 두둥실 떠올랐습니다. 그러고는 백조와 나란히 헤엄치면서 어깨를 돌려 지요코를 보고 생긋 웃었는데 그 얼굴은 틀림없이 아까 바다 밑에서 그녀를 놀라게 했던 인어 여인이었습니다.

"어머나, 당신은 아까 그분이잖아요!"

말을 걸어도 인어는 얌전하게 웃을 뿐 아무런 대답 없이 상냥하게 고개를 끄덕여 인사하고는 조용히 헤엄쳤습니다. 더 놀라운 건 인어가 그녀 하나만이 아니라는 사실이었습니다. 어느새 똑같은 젊은 나체 여인들이 하나둘 늘어나더니 순식간에 한 무리의 인어 떼를 이루었습니다. 물속으로 잠수했다가 뛰어올랐다가 서로 장난을 치기도 했습니다.

두 마리의 백조와 줄을 지어 가는가 싶다가도, 고개를 물 위로 빼고 양 팔을 휘저어 앞서 헤엄쳐 가기도 하고, 저 멀리에서 떠오르는가 하면, 때로는 손짓하며 부르기도 했습니다. 어두운 빛깔의 절벽과 옻칠한 듯 한 물을 배경으로 실오라기 하나 걸치지 않은 요염한 모습으로 춤을 추 고 즐겁게 장난치며 노는 광경은 그리스 신화를 주제로 한 명화라도 보 는 듯했습니다.

이윽고 백조가 길 절반쯤 오자 물속의 인어에게 호응하듯이 여러 명의 똑같은 나체 여인들이 파란 하늘을 가르며 아득한 절벽 정상에 모 습을 드러냈습니다. 그리고 어쩌면 그리 수영을 잘하는지 차례로 몇 미 터 아래의 수면을 향해 뛰어내리는 것이었습니다. 어떤 여인은 거꾸로 머리카락을 흩뜨리며, 어떤 여인은 무릎을 감싸 안고 세차게 돌면서, 어떤 여인은 양팔을 벌려 활처럼 등을 뒤로 젖힌 채 내려왔습니다. 온 갖 자태로 바람에 지는 꽃잎처럼 흩날리며 시커먼 물가의 벼랑 아래로 떨어져 내리더니 물보라를 일으키며 물속으로 깊숙이 가라앉았습니다.

수많은 육체들에 에워싸인 채 두 마리의 백조는 조용히 목적지인 돌계단 아래에 도착했습니다. 가까이서 보니 몇백 단인지도 모를 순백 의 돌계단이 하늘을 위압하며 우뚝 솟아 있어서 올려다보기만 해도 온 몸이 근질거릴 정도였습니다.

18

"전 절대로 못 올라가요!"

지요코는 백조의 등에서 내려 육지에 서자마자 겁에 질린 목소리로 말했습니다.

"나 참, 걱정 마. 내가 손을 끌어줄 테니까 올라와봐. 하나도 위험하지 않아."

"그래도……"

망설이는 지요코의 손을 잡고 히로스케는 돌계단을 오르기 시작했습니다. 옥신각신하는 사이 벌써 스무 단 정도나 올랐습니다.

"거봐, 전혀 무섭지 않지? 이제 금방이야."

두 사람은 한 단 한 단 올라갔습니다. 신기하게도 잠시 뒤 정상에 오르고 보니 아래에서 봤을 때는 몇백 단인지도 모를 만큼 하늘까지 뻗은 듯 보이던 계단이 실제로는 백 단도 되지 않을 정도로 그리 높지 않았습니다. 그런데 어째서 그렇게 보였는지 아무리 겁을 먹어 착각을 했다고 쳐도 그 차이가 너무 심해서 지요코에게는 귀신이 곡할 노릇이었습니다. 나중에야 안 사실이지만, 아까 해저에서 아귀를 태곳적 괴물로 잘못 보았듯 그러한 환각이 이 섬 전체에 가득 차 있는 듯한 기분이 들어서 더더욱 그곳 풍경이 아름답게 보였던 것도 같았습니다. 방금 계단 높이를 착각한 것도 같은 맥락이겠지요. 그렇지만 지요코는 히로스케에게 자세한 설명을 듣기 전까지는 그 이유가 무엇인지 짐작조차 하지 못했습니다.

어쨌든 그들은 이제 계단 꼭대기가 있는 높은 땅에 서서 앞으로 갈 길을 바라봤습니다.

좁고 경사진 잔디밭이 있고, 잔디밭 아래로 내려가자 곧장 울창한 대삼림으로 들어가는 길이 나왔습니다. 뒤를 돌아보니 거대한 배 모양의 계곡이 시커먼 입을 벌리고 있었고, 그 음침한 낭떠러지 아래에는 방금 그들을 태우고 온 백조 두 마리가 새하얀 종잇조각처럼 떠 있어

보기만 해도 마음이 불안했습니다. 그리고 앞에는 또다시 그늘지고 축축한 어둠의 숲이었지요. 그 두 개의 특이한 풍경 사이를 구분 짓는 이 작은 잔디밭은 늦은 봄날 오후의 햇볕을 듬뿍 받아 시뻘겋게 타올랐으며, 아지랑이가 피어오르는 잔디밭 위를 흰 나비가 낮게 날아다녔습니다. 지요코는 그 기이한 모습에서 어떤 부자연스러운 아름다움을 느꼈습니다.

늙은 삼나무가 끝도 없이 펼쳐진 대삼림은 떼구름이 뭉게뭉게 피어오르는 형상처럼 나뭇가지와 나뭇가지가 섞이고 이파리와 이파리가 포개져 있었습니다. 양지는 노랗게 반짝이고, 그늘은 심해의 물처럼 거무칙칙하게 가라앉아서 뾰족뾰족한 톱니무늬를 만들어냈습니다. 이 숲의 놀라운 점은 잔디밭에 서서 가만히 숲의 전체적인 모습을 바라보고 있으면 차츰 보는 이의 마음에 어떤 이상한 감정이 북받쳐 오른다는 것이었습니다. 그런 감정을 일으키는 것은 하늘을 집어삼킬 듯 뒤덮은 숲의 웅대함일지도 모릅니다. 아니면 싹 트기 시작하는 어린잎들이 발산하는 압도적인 짐승의 향기일지도 모르지요. 그러나 눈여겨본 사람이라면 그것 말고도 숲 전체에 가미된 악마의 작위라고 불러야 할 어떤 요소를 끝내는 알아차릴 겁니다. 바로 이 대삼림의 전체적인 모습이 실로 기이한 어떤 요괴의 모습을 하고 있다는 사실입니다. 그 작위의 흔적은 몹시 치밀하게 감추어져서 어렴풋이 보일 뿐이지만, 어렴풋하면 어렴풋할수록 오히려 그 공포는 깊이와 크기를 더해가는 듯했습니다. 모르긴 몰라도 이 숲은 자연 그대로의 숲이 아니라 하나부터 열까지 대대적인 인공이 가해진 곳일 테지요.

지요코는 이런 풍경들을 볼수록 자기가 알던 남편 겐자부로의 마음속에 이렇게 무시무시한 취미가 숨어 있었으리라고는 도저히 생각할 수 없었습니다. 지금 자기 옆에서 태연하게 거닐고 있는 남편과 닮은 한 남자를 향한 의심은 점점 깊어졌습니다. 그런데 그녀의 묘한 심리를 어떻게 해석하면 좋을까요. 지요코는 시시각각 깊어지는 무시무시한 의혹과 동시에 한편으로는 이 정체 모를 인물에게 느끼는 사모의 정도 점점 억누르기 힘들어졌습니다.

"지요, 무슨 생각을 그리 멍하게 해? 당신 설마 아직도 이 숲이 무서워? 모두 내가 만들어낸 거야. 무서워할 것 전혀 없어. 봐, 저기 저 나무 밑에 우리의 충성스러운 하인이 목이 빠지게 우릴 기다리고 있잖아."

히로스케의 말에 문득 그쪽을 쳐다보니 누가 타고 와서 버리고 갔는지 숲 입구에 있는 삼나무 한 그루의 밑동에 털이 반질반질한 당나귀 두 마리가 묶여 쉴 새 없이 풀을 씹고 있었습니다.

"우리가 이 숲에 들어가야 하나요?"

"아무렴, 그렇고말고. 걱정하지 마. 이 당나귀들이 안전하게 우릴 안내해줄 테니까."

두 사람은 장난감 같은 당나귀 등에 올라타서 깊이를 헤아릴 수 없는 어두운 숲으로 들어갔습니다.

숲속은 나뭇잎이 층층이 겹쳐져 있어 하늘이 보이지 않았지만 완전히 캄캄하지는 않았습니다. 해 질 녘의 은은한 빛이 안개처럼 자욱이 끼어 앞이 보이지 않을 정도는 아니었습니다. 거목의 줄기들이 큰 절에 있는 원기둥처럼 줄지어 서 있었고, 그 기둥머리에서 기둥머리에 걸쳐 아치 형태로 푸른 잎이 이어져 있었으며, 발밑에는 융단 대신 삼나무 낙엽이 두껍게 깔려 있었습니다. 숲속의 모습은 마치 유명한 대사원의 예배당 같았는데 그보다 몇 배나 더 신묘하고 그윽하며 굉장하게 느껴졌습니다.

그나저나 이 숲속 나무 아랫길에서 느껴지는 조화와 균형은 도저히 천연적으로 생길 만한 수준이 아니었습니다. 예를 들면 광막한 대삼림이 모조리 커다란 삼나무로만 이루어졌고 그 밖에는 잡목 한 그루 잡초 한 포기 보이지 않는다는 점, 수목의 간격과 배치 구석구석에 남몰래 신경을 써놓아 묘한 아름다움을 자아낸다는 점, 그 아래를 통과하는 좁은 길의 곡선이 참으로 기이하게 굴곡져서 지나가는 사람의 마음에 어떤 이상한 감정을 안겨주는 점까지, 분명 만든 이의 자연을 능가하는 창의성을 보여주었습니다. 모르긴 몰라도 저 나뭇잎들이 이루는 아치의 기분 좋은 균형이나 낙엽 쌓인 바닥을 밟는 느낌에도 모두 세심한 인공이 가미되어 있지 않을까요.

주인을 태운 두 마리의 당나귀는 두껍게 쌓인 낙엽 위로 작은 발소리도 내지 않고 조용히 어두운 나무 그늘을 따라갔습니다. 짐승이나 새 울음소리 하나 들리지 않는 쥐 죽은 듯한 깊은 고요가 숲 전체를 점령했습니다. 그러나 머지않아, 더 깊숙이 들어가자 그 정적을 한층 강조하기라도 하듯 보이지 않는 머리 위의 우듬지 부분에서, 우듬지에 부딪히는 바람 소리로 착각할 만큼 둔탁한 음향이, 예컨대 파이프오르간이 울리는 듯한 기이한 음악이 그윽한 곡조로 음산하게 들려오기 시작했습니다.

두 명의 보잘것없는 인간은 당나귀 등 위에서 고개를 숙인 채 한마디도 하지 않았습니다. 지요코는 문득 얼굴을 들고 무슨 말인가를 하려다가 그대로 아무 말도 하지 못하고 도로 고개를 숙였습니다. 천진한 당나귀들은 묵묵히 나아갈 뿐이었습니다.

다시 얼마간 가자 숲의 모습이 조금씩 바뀌었습니다. 지금까지는 줄곧 어슴푸레했던 숲속에 어디에선가 은색 빛이 비쳤습니다. 낙엽이 반짝반짝 빛나고 눈에 보이는 모든 거목의 줄기는 한쪽 면에만 눈부신 빛을 받았습니다. 절반은 은색으로 반짝이고 절반은 칠흑 같은 커다란 원기둥들이 끝없이 펼쳐진 광경은 그야말로 장관이었습니다.

"이제 숲도 끝인가 봐요."

지요코는 꿈에서 깬 사람처럼 쉰 목소리로 물었습니다.

"아직 아니야. 저쪽에 늪이 있어. 우린 이제 거기로 나갈 거야."

이윽고 그들은 히로스케가 말한 늪 근처에 다다랐습니다. 늪은 그림에 나오는 도깨비불 같은 모양이었습니다. 한쪽 물가는 둥그렇고 반대쪽 물가는 불길 모양으로 세 군데가 깊게 쏙 들어가 있었습니다. 그곳에 수은처럼 무거운 물을 가득 채우고 있었지요. 움직임 없는 수면에는 대부분 검푸른 늙은 삼나무의 그림자가 들어찼고, 일부에만 뜨문뜨문 파란 하늘이 비쳤습니다. 방금 전까지 들리던 음악도 이미 멎은 뒤였습니다. 모든 것이 침묵하고 모든 것이 정지한 채 만상이 깊은 잠에 빠져 있었습니다.

두 사람은 정적을 깨지 않으려는 듯 살며시 당나귀에서 내려 말없이 물가로 다가섰습니다. 저쪽 튀어나온 물가에는 이 숲에 유일하게 있는 늙은 동백나무 몇 그루가 저마다 3미터는 되는 진녹색 껍질에 점점이 피가 맺힌 듯 수많은 꽃을 피우고 있었습니다. 그 꽃그늘의 작고 어슴푸레한 빈터에는 놀랍게도 어여쁜 아가씨 하나가 뽀얀 피부를 드러내고 어딘지 모르게 우울한 표정으로 누워 있었습니다. 이끼를 요 삼아 손으로 턱을 괴고 엎드려서 늪을 들여다보면서 말이지요.

"어머나, 저런 곳에……!"

지요코는 저도 모르게 소리를 질렀습니다.

"쉿."

히로스케는 아가씨가 놀라면 안 된다는 듯 지요코에게 조용히 하라는 신호를 보냈습니다.

아가씨는 누가 자기를 보는 걸 아는지 모르는지 여전히 멍하게 넋을 놓고 늪 표면을 바라보았습니다. 숲속의 늪과 물가의 동백나무, 무심하게 엎드린 나체 여인, 이 지극히 단순한 조합이 얼마나 훌륭한 효과를 내던지요. 만약 이것이 우연이 아니라 의도된 구도라면 히로스케는 정말이지 뛰어난 화가입니다.

두 사람은 오랫동안 물가에 서서 이 꿈만 같은 광경을 홀린 듯이 바라보았습니다. 그 긴 시간 동안 어린 여인은 꼬고 있던 살집 좋은 다리를 한 번 바꿔 꼬았을 뿐 질리지도 않는지 계속해서 우울한 눈빛으로 늪을 응시했습니다. 잠시 뒤 히로스케가 재촉하는 바람에 지요코가 당나귀에 올라타서 그곳을 떠나려는 순간, 어린 여인 바로 위에 피어 있던 눈에 띄게 커다란 동백꽃 한 송이가 마치 액체가 방울져 떨어지듯이 똑 떨어지더니 어린 여인의 보동보동한 어깻죽지를 타고 미끄러져 늪에 고인 물에 떠올랐습니다. 그런데 그 움직임이 너무 조용해서 늪에 고인 물도 알아차리지 못했는지 파문은 한 줄도 일지 않았습니다. 거울 같은 수면은 여전히 미동조차 없었습니다.

19

두 사람은 다시 당나귀를 타고 한동안 태곳적 숲의 나무 그늘을 따라갔습니다. 숲의 깊이는 갈수록 그 끝을 가늠하기 어려웠습니다. 어디로 가면 이곳을 빠져나갈 수 있을지, 다시 처음 입구로 돌아가려 해도 그 길을 모를 것 같았습니다. 이렇게 천진한 당나귀들이 걷는 대로 몸을 맡겨도 괜찮을지 참을 수 없이 불안해졌습니다.

그런데 기이한 건 이 섬의 풍경은 앞으로 가는 길인가 싶으면 돌아가고, 올라가는 길인가 싶으면 내려가고, 땅속인가 싶으면 바로 산꼭대기가 나오고, 광야가 순식간에 좁은 길로 바뀌기도 하면서 온갖 마법처럼 설계되어 있다는 사실이었습니다. 이번에도 숲이 가장 깊어져서 여행자의 마음에 말 못할 불안이 싹트기 시작할 무렵 반대로 숲이 머지않아 끝날 것이라는 조짐을 보여주었습니다.

지금까지는 적당한 간격을 유지하던 큰 나무들의 줄기가 눈치채지 못할 정도로 서서히 좁아지더니 어느새 겹겹이 벽을 이루고 촘촘하게 밀집한 곳이 나왔습니다. 거기에는 이미 초록 잎들이 이루는 아치 따위는 온데간데없고 제멋대로 우거진 가지와 잎이 지면까지 드리워진 탓에 어둠이 한층 짙어져서 지척도 분간하기 어려웠습니다.

"이제 당나귀는 필요 없어. 여기서부턴 내 뒤를 따라와."

히로스케는 먼저 당나귀에서 내려 지요코의 손을 잡고 그녀를 내려주더니 돌연 앞쪽의 어둠 속으로 돌진했습니다. 나무줄기 사이에 몸이 끼고 가지와 잎에 막히다시피 하면서 길이 아닌 길을 뚫으며 두더지처럼 나아갔습니다. 그렇게 끙끙대며 나아가는 사이에 문득 떠오르듯이 몸이 가벼워져서 퍼뜩 정신을 차리고 보니 그곳은 이미 숲이 아니라 찬란하게 빛나는 햇빛 아래 시야를 가리는 것 하나 없이 넓게 펼쳐진 초록 잔디밭이었습니다. 신기하게도 어디를 둘러보아도 숲은 흔적조차 보이지 않았습니다.

"아아, 제가 어떻게 됐나 봐요."

지요코는 고통스럽게 관자놀이를 누르며 도움을 청하듯 히로스케를 뒤돌아봤습니다.

"아니, 당신 머리가 이상한 게 아니야. 이 섬의 여행자는 언제든지 이렇게 하나의 세계에서 다른 세계로 빠져들게 되어 있어. 난 이 작은 섬 안에 여러 개의 세계를 만들 계획이었지. 당신, 파노라마가 뭔지 알아? 일본선 내가 초등학생 무렵에 대단히 유행했던 구경거리 중 하나인데. 관람객은 우선 좁고 캄캄한 통로를 지나야 해. 그리고 거기서 나오면 확 시야가 트이는데 그곳에 하나의 세계가 있지. 지금까지 관람객이 생활하던 세계와는 전혀 다른 하나의 완전한 세계가 넓게 펼쳐지는 거야. 아무튼 놀라운 속임수였어. 파노라마관 바깥에는 전차가 달리고, 장사꾼이 노점에서 물건을 팔고, 상점이 늘어서 있지. 그곳에는 어제도 오늘도 내일도 똑같이 마을 사람들이 끊임없이 오가고 있어. 늘어선 상점 가운데는 우리 집도 보이고. 그런데 일단 파노라마관 안으로 들어오면 그것들은 모조리 사라져버려. 드넓은 만주 평야가 멀리 지평선 너머까지 펼쳐져 있지 않겠어. 게다가 거기에선 보기만 해도 무시무시한 혈투가 벌어지는 거야."

히로스케는 잔디 벌판의 아지랑이를 흩뜨리며 걸어가면서 이야기를 이어갔습니다. 지요코는 꿈결처럼 황홀한 기분으로 사랑하는 이의 뒤를 따라갔습니다.

"건물 바깥에도 세계가 있어. 건물 안에도 세계가 있어. 그리고 두 개의 세계는 각각 다른 땅과 하늘과 지평선을 가지고 있지. 파노라마관 바깥에는 분명 평소처럼 낯익은 거리가 있었어. 그런데 파노라마관 안에서는 어느 쪽을 봐도 거리는 그림자도 보이지 않고 만주 평야가 멀리 지평선 너머까지 펼쳐져 있는 거야. 요컨대 거기엔 동일한 지상에 평야와 거리라는 이중 세계가 있어. 적어도 그런 착각을 일으키지. 그 방법이란 당신도 알다시피 풍경을 그린 높은 벽으로 관람석을 빙 둘러싸고 그 앞을 진짜 흙과 나무, 인형으로 꾸며서 진짜와 그림의 경계를 최대한 모호하게 만든 다음, 천장을 감추기 위해 관람석의 차양을 깊게 내는 거야. 단지 그뿐이야. 언젠가 이 파노라마를 발명했다는 프랑스인 이야기를 들은 적이 있는데, 적어도 최초로 발명한 사람의 의도는 이 방법으로 하나의 새로운 세계를 창조하는 데 있었다지. 마치 소설가가 종이 위에, 배우가 무대 위에, 저마다 하나의 세계를 만들어내고 싶어 하듯이 틀림없이 그 사람도 자신의 독특한 과학적 방법으로 그 작은 건물 안에 광막한 별세계를 만들려고 시도한 거야."

히로스케는 손을 들더니 아지랑이와 풀에서 올라오는 열기 너머로 희미하게 보이는 초록 광야와 파란 하늘의 경계를 가리켰습니다.

"당신, 이 넓은 잔디 벌판을 보면 무슨 기이한 느낌이 들지 않아? 그 작은 먼바다섬 위에 있는 평야치고는 지나치게 넓은 것 같지 않느냐고. 잘 봐. 저 지평선까지는 분명 몇 킬로미터 거리야. 그렇다면 당연히 지평선 한참 앞에 바다가 보여야겠지? 게다가 이 섬 위에는 방금 지나온 숲이나 여기에 보이는 평야 말고도 하나하나가 몇 킬로미터씩은 되어 보이는 갖가지 풍경이 만들어져 있어. 그럼 먼바다섬의 넓이가 M현 전체만 해도 부족해야 정상이지. 내 말이 이해 가? 그러니까 내가 이 섬 위에 각각 독립된 파노라마를 여러 개 만들었단 말이야. 우린 지금까지 바닷속이며 골짜기 밑바닥, 삼림 같은 어슴푸레한 길만 지나왔잖아. 바로 그게 파노라마관 입구의 어두운 길에 해당하는 걸지도 모르지. 지금 우리는 봄의 햇빛과 아지랑이, 그리고 풀이 내뿜는 열기 속에 서 있어. 이건 그 어두운 길을 빠져나왔을 때 마치 꿈에서 깬 듯 상쾌

한 기분과 잘 어울리지 않아? 지금부터 우린 드디어 나의 파노라마 왕국으로 들어갈 거야. 그런데 내가 만든 파노라마는 일반적인 파노라마관처럼 벽에 그린 그림이 아니야. 자연을 왜곡하는 언덕의 곡선이나 광선의 치밀한 안배, 초목과 암석의 배치를 통해 교묘하게 인공의 흔적을 감추고 마음대로 자연의 거리를 늘였다 줄였다 한 거지. 하나 예를 들자면 방금 빠져나온 저 대삼림 말인데, 저 숲의 실제 넓이를 말해주면 당신은 절대 믿지 못할걸. 그만큼 좁으니까. 저 길은 실체를 알아보기 힘든 교묘한 곡선을 그리며 몇 번이고 되돌아가도록 되어 있어. 좌우에 보이던 끝없는 삼나무들은 당신이 믿은 것처럼 모두 같은 큰 나무가 아니라, 멀리 있는 건 높이가 불과 2미터 정도밖에 안 되는 작은 삼나무 묘목으로 이루어진 숲일지도 모른다고. 광선을 안배해 그걸 감쪽같이 숨기기란 그리 어렵지 않아. 그 전에 우리가 올랐던 흰 돌계단도 마찬가지야. 아래에서 올려다보면 구름다리처럼 높아 보여도, 사실은 백 단 남짓이야. 당신은 아마 눈치채지 못했겠지만, 저 돌계단은 연극에서 쓰는 배경 판처럼 위쪽으로 갈수록 좁아지는 데다 계단 하나하나도 알아차리지 못할 만큼 조금씩 위로 갈수록 높이와 앞뒤 길이가 짧게 만들어져 있어. 게다가 양쪽 암벽의 경사도 나름대로 궁리를 해서 만들어놓은 거라 아래에서는 그렇게 높아 보일 수밖에."

그러나 환영의 힘이 너무 강해서 아무리 내막을 설명해주어도 지요코의 마음에 각인된 불가사의한 인상은 조금도 엷어지지 않았습니다. 지금 눈앞에 펼쳐진 끝이 보이지 않는 광야는 아무리 봐도 지평선 너머까지 이어져 있었습니다.

"그럼 이 평야도 실제로는 다른 것들처럼 좁나요?"

지요코는 반신반의하는 표정으로 물었습니다.

"아무렴, 그렇고말고. 눈치채지 못할 만큼 교묘히 주위가 높게 경사져 있어서 그 뒤쪽의 여러 가지 것들을 숨기고 있지. 다만 좁다고는 해도 지름이 5, 6백 미터는 돼. 효과를 높이기 위해서 평범한 공터를 끝없이 넓어 보이게 했을 뿐이야. 그 작은 조치가 얼마나 근사한 꿈을 만들어줬는지. 이렇게 설명을 해줘도 당신은 이 대평원이 불과 5, 6백 미터의 공터에 지나지 않는다는 걸 도저히 믿지 못할 거야. 만든 나조차도 지금 이렇게 아지랑이 때문에 파도처럼 넘실거리는 지평선을 바라보고 있으면 정말로 끝없는 광야 가운데 덩그러니 놓인 듯한 말로 표현할 수 없는 불안과 이상하리만치 달콤한 애수를 느낄 정도니까. 가리는 것 하나 없이 눈앞 가득 펼쳐진 하늘과 풀. 우리에겐 지금 이게 온 세상이야. 말하자면 이 초원은 먼바다섬 전체를 뒤덮고 저 멀리 I만에서 태평양으로 퍼져서 저 파란 하늘까지 이어진 거야. 서양의 명화라면 여기에 수많은 양 떼와 목동이 그려져 있겠지. 아니면 저 지평선 가까이에 집시 한 무리가 장사진을 치고 말없이 걸어가는 모습도 상상할 수 있어. 그들이 한쪽에 석양빛을 받아서 기다란 그림자가 잔디 벌판 위를 가만가만 움직여 가는 모습 말이야. 그런데 아무리 봐도 사람 한 명, 동물 한 마리, 심지어 마른 나무 한 그루 보이지 않아. 하지만 초록 사막 같은 이 평야가 그런 명화보다 오히려 우릴 더 감동시키지 않아? 어떤 유구한 게 무서운 힘으로 우리에게 다가오지 않아?"

지요코는 아까부터 파랗다기보다는 회색으로 보이는 드넓은 하늘을 바라보았습니다. 어느새 눈꺼풀 사이로 넘쳐흐르는 눈물을 감출 생각도 못했습니다.

"이 잔디 벌판에서 길이 두 갈래로 나뉘어. 하나는 섬의 중심 쪽으로, 하나는 그 주위를 둘러싸고 늘어선 여러 풍경 쪽으로 가는 길이야.

원래는 먼저 섬 주위를 한 바퀴 돈 다음 마지막에 중심으로 들어가는 순서지만, 오늘은 시간도 없고 그 풍경들은 아직 완성되지도 않았으니까 우린 여기에서 곧장 중심에 있는 화원 쪽으로 나가자고. 거기가 제일 당신 마음에도 들 거야. 다만 이 평야에서 바로 화원으로 나가버리면 너무 싱거운 기분이 들지도 모르니까 다른 몇몇 풍경에 관해서도 대충은 당신에게 말해두는 편이 좋겠군. 화원으로 가는 길까지는 아직 2, 3백 미터 남았으니 이 잔디밭을 걸으면서 그 기묘한 풍경들을 당신에게 말해주지.

당신, 조원술에서 말하는 토피어리라는 걸 알아? 회양목이나 사이프러스 같은 상록수를 기하학적인 모양 또는 동물이나 천체 따위를 본떠서 조각하듯 깎아 손질하는 것을 말해. 풍경 하나에 갖가지 아름다운 토피어리들이 끝도 없이 늘어서 있어. 그곳에서 웅대한 것과 섬세한 것, 온갖 직선과 곡선이 엇갈려 기묘한 오케스트라를 연주하는 거야. 그리고 그 사이사이에는 옛날부터 전해져온 유명한 조각들이 무시무시하게 떼를 지어 밀집해 있지. 게다가 그게 모두 진짜 인간이라니까. 돌처럼 굳어 입을 꾹 다문 나체 남녀의 아주 거대한 무리라고. 파노라마 섬의 여행자는 이 광막한 벌판에서 갑자기 그곳으로 들어가서는 끝없이 이어지는 인간과 식물의 부자연스러운 조각 떼를 접하고 숨이 콱콱 막히는 생명력의 압박을 느낄 거야. 그리고 그곳에서 이루 말할 수 없이 괴기스러운 아름다움을 발견하겠지.

또 하나의 세계에는 생명이 없는 철제 기계들만 밀집해 있어. 끊임없이 쿵쾅거리며 회전하는 검은 괴물들이지. 그 원동력은 섬 지하에서 일으키는 전기인데, 거기에 늘어선 것들은 증기 기관이나 모터 같은 흔한 것이 아니라 꿈에나 나올 법한 일종의 불가사의한 기계력의 상징이야. 용도를 무시하고, 대소를 뒤집은 철제 기계의 나열이지. 작은 산만한 실린더, 맹수처럼 으르렁거리는 대형 플라이휠, 시커먼 송곳니와 송곳니가 맞물리는 대형 기어들의 싸움, 괴물의 팔처럼 생긴 진동 레버, 미친 듯이 춤추는 스피드 버너, 종횡무진 엇갈리는 샤프트 로드, 폭포처럼 흐르는 벨트, 혹은 베벨 기어, 웜 앤드 웜 휠, 벨트 풀리, 체인벨트, 체인 휠, 그 모두가 시커먼 표면에 비지땀을 흘리며 미치광이처럼 회전하고 있어. 박람회의 기계관을 본 적 있지? 거기에는 기사와 안내원, 경비원이 있고 범위도 하나의 건물 안으로 한정된 데다 기계는 모조리 정해진 용도 아래 만들어진 꼭 필요한 것뿐이지만, 나의 기계 왕국은 광대하고 끝없는 하나의 세계가 무의미한 기계들로 빼곡히 뒤덮여 있지. 그리고 거긴 기계 왕국이라서 다른 인간이나 동식물 따위는 흔적조차 보이지 않아. 지평선을 뒤덮고 홀로 움직이는 거대한 기계의 평원이라고. 거기 들어간 작은 인간이 무엇을 느낄지 당신도 상상할 수 있겠지?

그 밖에도 아름다운 건축물이 가득한 널찍한 거리라든가, 맹수와 독사, 독초의 동산, 또 온천이며 폭포, 시내 등 갖가지 물의 유희를 벌여놓은 물보라와 물안개의 세계도 이미 설계가 되어 있어. 시간 가는 줄 모르고 그 하나하나의 세계를 밤마다 꾸는 꿈처럼 다 보고 나면 여행자는 마지막으로 소용돌이치는 오로라와 숨 막히는 향기, 만화경 같은 화원, 화려한 새들, 즐거이 노는 인간들이 있는 몽환의 세계로 들어가는 거지. 그런데 말이야, 여기에선 보이지 않지만 나의 파노라마섬에서 눈여겨봐야 할 점은 따로 있어. 지금 섬 중앙에 건축 중인 대형 원기둥들 정상에 위치한 화원에서 섬 전체를 바라본 미관이야. 거기선 섬 전체가 하나의 파노라마야. 각각의 파노라마가 모여 또 하나의 전혀 다른 파노라마를 이루지. 이 작은 섬 위에 몇 개나 되는 우주가 서로 겹치고 엇갈린 채 존재하는 거야. 그나저나 벌써 평야 출구까지 와버렸군. 자, 손을 쥐. 또 잠시 좁은 길을 지나가야 해."

넓은 벌판 어느 지점에 아주 가까이 다가가서 보지 않으면 모를 듯한 굴곡이 있고, 그 속에는 은밀한 길이 어둑하게 우거진 잡초로 뒤덮여 있었습니다. 그 길로 들어서서 한동안 가자 잡초는 점점 깊어지더니 어느새 두 사람의 온몸을 뒤덮고 말았습니다. 길은 계속해서 형체도 분간할 수 없는 어둠 속으로 파고들었습니다.

20

무슨 별난 기교를 부려놓았는지, 아니면 단순히 지요코의 환각에 지나지 않았는지, 하나의 풍경에서 잠깐 어둠을 지나자 또 하나의 풍경이 나타났다는 사실이 뭐랄까 꿈만 같았습니다. 하나의 꿈에서 다른 꿈으로 바뀔 때의 그 모호한, 바람에 실려 가는 듯한, 그동안은 완전히 의식을 잃은 듯한, 어딘지 묘한 기분이었습니다. 그런 탓에 그 하나하나의 풍경은 각각 전혀 다른 평면에서 이루어지는, 예컨대 삼차원 세계에서 사차원 세계로 비약이라도 하는 듯한 느낌이었습니다. 깜짝 놀라서 보면 지금까지 보던 동일한 지상이 모양부터 색채, 냄새에 이르기까지 전혀 다른 것으로 탈바꿈해 있었지요. 정말이지 꿈꾸는 느낌, 그게 아니면 영화의 이중 인화 같은 느낌이었습니다.

그리고 지금 두 사람의 눈앞에 나타난 세계는, 히로스케는 그것을 화원이라고 칭했지만 일반적으로 화원이라는 말에서 연상되는 그 무엇도 없었습니다. 유백색으로 정지한 하늘과 그 아래에 기묘하게 몰아치는 큰 파도처럼 오르내리는 언덕 표면이 온통 갖가지 봄꽃으로 뒤덮여 물크러져 있는 데 지나지 않았습니다. 그렇지만 그 압도적인 규모와 하늘의 색, 언덕의 곡선과 난잡하게 핀 갖가지 꽃에 이르기까지, 자연을 깡그리 무시한, 말로 표현하지 못할 인공적 기교 탓에 그 세계에 발을 들여놓은 사람은 한동안 망연히 서 있을 수밖에 없었습니다.

언뜻 보아 단조로운 이 풍경 속에는, 어쩐지 인간 세계에서 벗어나 예를 들면 악마의 세계로 들어온 듯한 묘한 느낌이 감돌았습니다.

"당신, 어디 아파? 어지러워?"

히로스케는 놀라서 금방이라도 쓰러지려 하는 지요코의 몸을 받쳤습니다.

"네, 뭐랄까요, 머리가 아파서……"

숨 막히는 향기가 일단 지요코의 머릿속을 마비시켰습니다. 땀이 나는 사람의 몸에서 풍기는 고약한 냄새와 비슷했지만 결코 불쾌하지는 않았습니다. 그다음에는 기이한 꽃이 핀 산들의 무수한 곡선이 서로 엇갈리며 마치 작은 배 위에서 바라보는 거센 파도의 소용돌이처럼 무서운 기세로 그녀를 향해 밀어닥치는 듯했습니다. 실제로 움직인 것은 아닙니다. 그렇지만 그 움직이지 않는 언덕들이 겹쳐진 모양에는 고안한 사람의 섬뜩한 간계가 숨어 있음이 분명했습니다.

"왠지 무서워요."

간신히 몸을 가누고 선 지요코는 눈을 가리다시피 하고 겨우 입을 뗐습니다.

"뭐가 그렇게 무섭지?"

그렇게 묻는 히로스케의 입술 끝이 희미한 웃음으로 떨렸습니다.

"뭔지 모르겠어요. 이렇게 꽃에 둘러싸여 있는데 저는 더없이 쓸쓸한 느낌이에요. 와서는 안 되는 곳에 온 것 같고, 봐서는 안 되는 것을 보는 것 같은 기분이랄까요."

"그건 분명 이곳 경치가 너무나도 아름다워서야."

히로스케는 천연덕스럽게 대답했습니다.

"그보다 저길 봐. 우리를 마중 나와 있어."

꽃이 핀 어느 산그늘에서 마치 축제 행렬처럼 사뿐사뿐 한 무리의 여자들이 나타났습니다. 온몸에 화장을 했는지 푸르스름한 흰빛에 몸의 요철에 따라 움푹 팬 곳마다 보랏빛으로 칠해놓아서 음영이 도드라지는 나체들이 새빨간 꽃들을 병풍 삼아 차례차례 모습을 드러냈습니다.

여인들은 번들번들 기름기가 도는 다부진 다리를 춤추듯이 움직였습니다. 검은 머리칼을 어깨까지 치렁치렁 늘어뜨리고, 새빨간 입술을 반달 모양으로 벌린 채 두 사람 앞으로 다가와 말없이 기묘한 원형으로 둘러섰습니다.

"지요코, 우리가 탈 것이 이거야."

히로스케는 지요코의 손을 잡아 나체 여인들이 만든 연화좌* 위로 밀어 올리고는 자신도 따라서 지요코와 나란히 육체로 된 의자에 앉았습니다.

사람의 몸으로 만들어진 꽃잎은 활짝 핀 채 중앙에 있는 히로스케와 지요코를 둘러싸고 꽃이 핀 산들을 이리저리 돌기 시작했습니다.

지요코는 눈앞에 펼쳐진 세계의 기이함과 나체 여인들의 태연자약함에 현혹되어 어느덧 현실 세계의 수치를 잊고 만 모양이었습니다. 무

---

* 蓮花座: 연꽃 모양으로 만든 부처와 보살의 자리.

릎 아래에서 오르내리는 토실토실한 복부의 부드러움을 기분 좋게 느끼기까지 했습니다.

좁은 길은 언덕과 언덕 사이의 골짜기처럼 보이는 부분으로 굽이굽이 이어졌습니다. 나체 여인들이 맨발로 짓밟는 곳에도 언덕과 마찬가지로 갖가지 꽃이 어지럽게 피어 있었습니다. 육체의 부드러운 탄력과 도톰한 꽃 융단은 올라탄 느낌을 한층 매끄럽고 편안하게 만들어주었습니다.

그러나 이 세계의 아름다움은, 끊임없이 그들의 코를 찌르는 불가사의한 향기보다도, 유백색으로 정지한 이상한 하늘빛보다도, 언제부터인가 봄의 산들바람처럼 그들의 귀를 즐겁게 해주는 기묘한 음악보다도, 아니면 천자만홍* 각양각색 꽃의 벽보다도, 그 꽃으로 뒤덮인 산들의 말도 못하게 신비한 곡선에 있었습니다. 사람은 이 세계에 와서야 비로소 곡선이 나타내는 아름다움을 깨닫는 것입니다. 자연 그대로의 산악과 초목, 평야와 인체의 곡선에 익숙해진 인간의 눈은 이곳에서 그것들과는 전혀 다른 형태로 엇갈리는 곡선을 봅니다. 어떤 미녀의 허리 곡선도, 아니면 어떤 조각가의 창작물도 이 세계의 곡선미에는 비할 수 없습니다. 자연을 그려낸 조물주가 아니라 그것을 망가뜨리려는 악마만이 그릴 수 있는 선이었는지도 모릅니다. 누군가는 그 곡선들이 겹쳐진 모양에서 묘한 성적 압박을 느낄 테지요. 그렇지만 그것은 결코 현실적인 감정을 동반하지는 않습니다. 우리는 악몽 속에서나 이따금 이런 곡선에 마음을 빼앗기곤 하니까요. 분명 히로스케는 그 꿈의 세계를 현실의 흙과 꽃으로 그려낼 작정이었을 겁니다. 그것은 숭고하다기보

* 千紫萬紅: 울긋불긋하게 피어 있는 꽃의 다양한 빛깔.

다는 불결하며, 조화롭다기보다는 난잡해서 그 하나하나의 곡선과 그곳에 뒤덮인 곪고 짓무른 수많은 꽃의 배치는 쾌감은커녕 끝없는 불쾌감마저 주었습니다. 그런데도 그 곡선들의 불가사의한 인공적 엇갈림은 추함을 넘어 불협화음으로 가득한, 하지만 이상하게 아름다운 대관현악을 연주하고 있었습니다.

또 하나 이 풍경을 만든 이의 비정상적인 관심은 나체 여인들이 연화좌를 이루고 지나가는 골짜기의 좁은 꽃길이 만드는 곡선에까지 미쳐 있었습니다. 그런데 그곳에는 곡선 자체의 아름다움이 아니라, 곡선을 따라 운동하는 자가 느끼는 이를테면 육체적 쾌감이 계획되어 있었습니다. 때로는 완만하게, 때로는 급격하게, 때로는 올라가기도, 때로는 내려가기도 하면서 길은 상하좌우로 갖가지 아름다운 곡선을 그렸습니다. 예를 들면 하늘을 나는 사람이 맛볼 법한, 또는 우리가 꾸불꾸불한 고갯길을 달리는 자동차 안에서 느낄 법한 곡선 운동의 쾌감과 비슷하지만 더 완만하고 미화된 느낌이라고 하면 좋을까요.

가끔 오르막은 있었지만 길은 조금씩 어떤 중심점을 향하여 내려가는 듯 보였습니다. 묘한 향기와 땅속에서 울려 퍼지는 듯한 음악은 더욱더 그 정도가 심해지더니 마침내는 그들의 코와 귀를 그 아름다움에 무감각하게 만들어버릴 정도로 끊임없이 이어졌습니다.

어느 순간 골짜기가 트이더니 드넓은 화원이 나오고 그 너머에 하늘로 가는 가교처럼 꽃산이 치솟아 있었습니다. 그 넓고 아득한 경사면에는 구름 떼처럼 꽃이 핀다는 요시노(吉野)산보다 몇 배는 더 괴이한 광경이 펼쳐졌습니다. 더욱 놀라운 것은, 멀리 있는 사람은 흰콩처럼 작게 보이는 몇십 명의 나체 남녀들이 여기저기 흩어져서 경사면과 광야에 핀 무지개 같은 꽃을 가르며 아담과 이브처럼 희희낙락 술래잡기를 하는 모습이었습니다. 산을 뛰어내려와 들을 가로질러 검은 머리칼을 바람에 휘날리는 한 여인이 그들과 2미터 정도 떨어진 곳까지 오더니 풀썩 쓰러졌습니다. 그러자 여인을 쫓아온 한 아담이 여인을 안아 일으켜서 자신의 넓은 가슴 앞에 가로로 안아 들더니 안은 쪽도 안긴 쪽도 이 세계에 충만한 음악에 맞춰 소리 높여 노래를 부르며 사뿐사뿐 저쪽으로 멀어졌습니다.

또 어느 곳에는 좁은 골짜기 길을 아치 모양으로 뒤덮고 하얀 반점이 난 커다란 유칼립투스 나무가 팔을 뻗고 있었는데, 그 가지가 휘도록 나체 여인들이 열매처럼 열려 있었습니다. 여인들은 굵은 가지 위에 누워서 또는 양손으로 매달려서 바람에 살랑거리는 나뭇잎처럼 고개와 손발을 흔들며 역시 이 세계의 음악을 합창했습니다. 나체 여인의 연화좌는 아무 관심 없이 조용히 대열을 유지한 채 그 열매 아래를 지나갔습니다.

모두 합해 4킬로미터는 족히 이어진 듯한 꽃길을 지나오는 동안 지요코가 맛본 묘한 감정을 가리켜 작가인 저는 그것을 단지 꿈이라고, 아니면 더없이 아름다운 악몽이라고 형용하는 길밖에 없겠군요.

그리고 마침내 그들이 다다른 곳은 꽃으로 된 거대한 막자사발 바닥이었습니다.

그곳에 펼쳐진 불가사의한 광경은 막자사발 가장자리에 해당하는 사방을 둘러싼 산의 꼭대기에서 매끄러운 꽃의 경사면을 따라 새하얀 육체들이 경단처럼 줄줄이 굴러 내려와 바닥에 물이 가득 찬 욕조 속으로 물보라를 일으키며 떨어지는 모습이었습니다. 그녀들은 막자사발 바닥의 수증기 속에서 철벅철벅 뛰어다니며 그 한가로운 노래를 합창했습니다.

언제 누가 옷을 벗겼는지 거의 넋이 나간 채로 지요코와 히로스케도 화려한 욕객들 사이에 섞여 기분 좋은 온천수에 잠겨 있었습니다. 부자연스러운 의복을 입고 있기가 오히려 부끄러워지는 이 세계에서는 지요코도 자신의 나체를 거의 개의치 않았습니다. 그리고 그들을 태운 나체 여인들은 여기에서야말로 문자 그대로 연화좌의 소임을 다하여 오래도록 엎드려 누워서는 목 아래를 물에 담근 두 주인을 자신들의 육체로 받쳐야 했습니다.

그다음 이루 말할 수 없는 일대 혼란이 시작되었습니다. 육체의 급류는 점점 그 수가 늘어났습니다. 길에 핀 꽃들은 짓밟히고 발길에 차여 사방이 꽃보라로 변했습니다. 꽃잎과 수증기, 물보라가 자욱하게 뒤섞인 가운데 나체 여인들의 육체는 살과 살을 맞비비며 나무통 속에 든 감자처럼 어지러이 뒤얽혔습니다. 그런 와중에도 숨이 끊어질 듯 합창을 계속하며 인간 해일처럼 좌로 우로 밀려들었습니다. 그 한복판에서 모든 감각을 잃어버린 두 손님이 시체처럼 떠다녔습니다.

21

그러다 어느새 밤이 왔습니다. 유백색이던 하늘은 소나기구름이 끼더니 검게 변했고, 갖가지 꽃이 어지럽게 핀 아름다운 언덕들도 지금은 무시무시한 구로뉴도*처럼 솟아 있었습니다. 소란스럽던 육체의 해일과 합창은 썰물처럼 사라지고, 밤에 보아도 희부옇게 피어오르는 수증

---

* 黒入道: 일본 전설에 등장하는 바다 요괴로, 검은 대머리를 한 거인의 모습으로 나타나 배를 뒤집고 어부를 위협한다고 전해진다.

기 속에는 히로스케와 지요코 단 두 사람만 남겨졌습니다. 그들을 위해 연화좌를 만들어주던 여인들도 문득 정신을 차리고 보니 이미 흔적조차 없었습니다. 게다가 이 세계의 상징 같던 어딘지 묘하고 요염한 음악도 들리지 않은 지 오래였습니다. 끝없는 어둠과 황천길 같은 정적이 온 세상을 지배했습니다.

"어머나!"

가까스로 제정신이 든 지요코는 몇 번이나 되풀이했던 감탄사를 다시 한번 내뱉고 말았습니다. 그다음 휴 하고 숨을 돌리고 나자 지금까지 잊고 있던 공포가 구역질처럼 가슴에 치밀어 올랐습니다.

"저기, 여보, 이제 돌아가요."

지요코는 따뜻한 물속에서 몸을 떨면서 눈으로 남편을 찾았습니다. 상대는 검은 부표처럼 수면 위로 머리만 떠 있었는데, 그녀의 말에 미동은커녕 아무런 대답도 하지 않았습니다.

"여보, 거기 계신 거 당신 맞죠!"

지요코는 겁에 질려 외치더니 검은 덩어리 쪽으로 다가가서는 목으로 보이는 쪽을 붙잡고 힘껏 흔들었습니다.

"어어, 돌아가자고. 그런데 그 전에 또 하나 당신에게 보여주고 싶은 게 있어. 그렇게 무서워하지 말고 얌전히 좀 있어봐."

히로스케는 무언가 곰곰이 생각하면서 느긋하게 대꾸했습니다. 그 대답이 더욱 지요코를 두렵게 만들었습니다.

"저요, 이제 정말 더는 못 참아요. 무섭다고요. 보세요. 이렇게 몸이 떨리고 있잖아요. 이제 이런 무서운 섬에선 일분일초도 못 견디겠어요."

"정말 떨고 있군. 근데 당신은 뭐가 그렇게 무섭지?"

"뭐가 무섭냐고요? 이 섬에 있는 섬뜩한 장치들이 무서워요. 그걸 생각해낸 당신이 무섭고요."

"내가 무섭다?"

"네, 그래요. 그래도 화는 내지 말아요. 제겐 이 세상에 당신 말고는 아무도 없는걸요. 그렇지만 지금은 어찌 된 영문인지 문득 당신이 무섭게 느껴져요. 당신이 정말로 절 사랑하시는지 의심하게 돼요. 이 섬뜩한 섬에서, 이 어둠 속에서 행여 당신이 사실은 절 사랑하지 않는다고 말하시지는 않을까 생각하니 너무 무섭고 끔찍해요……"

"이상한 소릴 하는군. 지금 그 이야기는 하지 않는 편이 좋겠어. 당신 마음은 나도 잘 알아. 이 어둠 속에서 왜 그래."

"지금 마침 그런 기분이 드는걸요. 아마 이런저런 것들을 보고 흥분했나 봐요. 그래서 평소보다 제 마음을 쉽게 털어놓게 돼요. 그렇지만 당신, 화내지 말아요. 네?"

"당신이 날 의심한다는 건 잘 알아."

지요코는 히로스케의 어조에 가슴이 철렁 내려앉아 얼른 입을 다물었습니다. 신기하게도 지요코는 언젠가 현실인지 꿈속인지 이와 똑같은 상황을 경험한 적이 있는 것처럼 느껴졌습니다. 왠지 그녀가 이 세상에 태어나기 이전의 일 같기도 했습니다. 그때도 그들은 지옥 같은 어둠 속에서 온천수 위로 고개만 내민 채 작디작은 두 명의 망자처럼 마주 보고 있었습니다. 그리고 상대 남자는 똑같이 "당신이 날 의심한다는 건 잘 알아"라고 대답했지요. 그다음 지요코가 어떤 말을 했는지, 남자가 어떤 태도를 보였는지, 또 어떤 무시무시한 종국을 맞았는지, 그러한 뒷이야기는 똑똑히 아는 것 같으면서도 막상 기억해내려 하자 좀처럼 떠오르지 않았습니다.

"잘 알고말고."

히로스케는 지요코의 침묵을 뒤쫓기라도 하듯 되풀이해서 말했습니다.

"아니, 아니에요, 그만, 이제 그만 말씀하세요!"

지요코는 말을 이어가려는 히로스케를 말리며 소리쳤습니다.

"전 당신과 이야기하는 게 무서워요! 이제 그만하고, 아무 말씀도 말고, 어서, 어서 저를 집에 데려다주세요!"

그때였습니다. 어둠을 가르는 세찬 음향이 귀청을 찢더니 갑자기 남편의 목에 매달린 지요코의 머리 위로 타닥타닥 불꽃이 떨어지며 도깨비 같은 오색 빛이 퍼졌습니다.

"놀라지 마. 불꽃이야. 내가 고안해낸 파노라마 왕국의 불꽃이지. 거봐, 보통 불꽃과 달리 우리 건 마치 하늘에 환등기를 비춘 것처럼 저렇게 오랫동안 가만히 있지? 이거야, 내가 아까 당신에게 보여줄 게 있다고 했잖아."

가만 보니 히로스케의 말대로 마치 구름에 비친 환등기 이미지처럼 금색으로 빛나는 커다란 거미 한 마리가 하늘 가득히 퍼지고 있었습니다. 게다가 뚜렷이 묘사된 여덟 개의 다리가 마디마디를 묘하게 꿈틀거리면서 서서히 그들 쪽으로 떨어져 내려왔습니다. 비록 불로 그린 그림에 불과했지만 커다란 거미 한 마리가 캄캄한 하늘을 뒤덮으며 그중에서도 가장 섬뜩한 복부를 노골적으로 드러내고 허우적거리면서 머리 위로 다가오는 광경은, 어떤 이에게는 더없는 아름다움이겠지만 천성적으로 거미를 싫어하는 지요코에게는 숨 막히는 공포였습니다. 하지만 쳐다보지 않으려 해도 그 무시무시한 광경에 역시 기묘한 매력이 있는지 자꾸만 하늘로 눈길이 갔습니다. 그때마다 점점 가까이 다가오는 괴물을 봐야만 했지요. 그리고 그 광경 자체보다도 더욱더 그녀를 몸서리치게 만든 건 이 커다란 거미 불꽃도 언젠가 본 적이 있으며, 눈에 보이는 것 모두가 두번째라는 느낌이었습니다.

"전 이제 불꽃 따위 보고 싶지 않아요. 계속 이렇게 절 겁주시지 말고 정말 보내주세요. 네? 돌아가요."

지요코는 이를 악물며 간신히 말했습니다. 그런데 그때는 불꽃 거미가 이미 흔적도 없이 어둠 속으로 녹아든 뒤였습니다.

"당신은 불꽃도 무서워? 그렇게 겁이 많아서 쓰나. 이번에는 저런 징그러운 게 아니라 예쁜 꽃이 필 차례야. 조금만 더 참아봐. 자, 이 연못 건너편에 검은 관(管)이 서 있던 걸 기억하지? 그게 불꽃이 나오는 관이야. 이 연못 밑에 우리의 마을이 있고 거기에서 내 부하들이 불꽃을 올려 보내고 있지. 신기할 것도 무서울 것도 전혀 없어."

어느새 히로스케의 양손은 철제 기름틀처럼 묘하게 힘을 주어 지요코의 어깨를 끌어안고 있었습니다. 그녀는 이제 고양이 발톱에 걸린 쥐처럼 달아나고 싶어도 달아날 수 없었습니다.

"어머나!"

그 사실을 알아차리자 지요코는 비명을 지르고 말았습니다.

"잘못했어요! 제가 잘못했어요!"

"잘못했다니? 당신이 왜 사과하는 거지?"

히로스케의 어조에 점점 어떤 힘이 실렸습니다.

"당신 생각을 말해봐. 날 어떻게 생각하고 있는지 솔직히 말해보라고. 어서."

"아아, 결국은 그 말씀을 하시네요. 그렇지만 전 너무 무서워서……"

지요코는 흐느끼는 듯한 목소리로 띄엄띄엄 말했습니다.

"하지만 지금이 가장 좋은 기회야. 우리 곁에는 아무도 없어. 당신이 무슨 말을 하든 당신이 염려하는 대로 세상 사람들 귀에 들어가는 일은 없으니까. 나와 당신 사이에 숨길 게 뭐 있어? 어서, 눈 딱 감고 말해봐."

캄캄한 골짜기 욕조 안에서 기묘한 말다툼이 시작되었습니다. 그 비정상적인 정경 탓에 두 사람의 마음에는 다소 광기가 어려 있었을 터입니다. 특히 지요코의 목소리는 벌써 묘하게 높아져 있었습니다.

"그럼 말해보지요."

지요코는 갑자기 돌변해서 당당하게 말하기 시작했습니다.

"터놓고 말해서 저도 당신 말씀을 듣고 싶어 견딜 수가 없어요. 제발 그렇게 애태우지 말고 진실을 말씀해주세요. ……당신은 혹시 고모다 겐자부로와는 전혀 다른 분 아닌가요? 어서 말씀해보세요. 묘지에서 되살아나 오신 뒤로 오랫동안 전 당신이 진짜 남편인지 아닌지 의심해왔어요. 겐자부로는 당신 같은 섬뜩한 재능을 전혀 갖고 있지 않았거든요. 아마 당신도 눈치채셨겠지만, 이 섬에 오기 전부터 저는 이미 반쯤 의심을 굳히고 있었죠. 그런데 이곳에서 여러 가지 기분 나쁜, 그러면서도 이상하게 사람을 끌어당기는 풍경들을 보니 나머지 의심 반쪽도 확실해진 듯한 기분이지 뭐예요. 이제 말씀해보세요."

"하하하하하하. 드디어 실토를 하는군."

히로스케의 목소리는 이상하리만치 차분했지만 어딘지 자포자기하는 기색을 숨기지는 못했습니다.

"내가 치명적인 실수를 했어. 사랑해서는 안 될 사람을 사랑했지. 그러지 않으려고 얼마나 참고 참았는데. 하지만 고지를 코앞에 두고 결국 자제력을 잃었어. 그리고 내가 우려한 대로 당신은 내 정체를 알아차리고 말았지."

그때부터 히로스케 역시 무언가에 홀린 사람처럼 당당한 목소리로 자기 음모를 대략 털어놓았습니다. 그 와중에도 아무것도 모르는 지하의 불꽃 담당자는 주인들의 눈을 즐겁게 하기 위해 준비한 불꽃 탄환을 자꾸자꾸 쏘아 올렸습니다. 때로는 기괴한 동물들 모양으로, 때로는 눈부시게 아름다운 꽃 모양으로, 때로는 황당무계한 여러 모양으로 현란하게 파랑, 빨강, 노랑으로 어두운 천공에 반짝이며 퍼지는 화염은 그대로 골짜기 밑바닥의 수면을 물들였습니다. 그러면서 그 속에 두둥실 떠오른 두 개의 수박 같은 그들의 머리를 표정의 미세한 부분에 이르기까지 무대의 유색 조명처럼 독특하게 비추었습니다.

열심히 입을 놀리는 히로스케의 얼굴이 때로는 술에 취한 듯이 벌겋게 달아올랐다가, 때로는 죽은 사람처럼 파래졌다가, 때로는 황달에 걸린 듯 누렇게 뜨기도 하고, 또 때로는 칠흑 같은 어둠 속에서 목소리만 울리기도 했습니다. 그 모습이 기괴한 이야기 내용과 뒤섞여 지요코를 극도로 두렵게 했습니다. 지요코는 지독한 공포를 참지 못하고 몇 번이나 그 자리에서 도망치려고 시도했지만, 히로스케의 광적인 포옹은 도무지 그녀를 놓아주지 않았습니다.

22

"당신이 어느 정도까지 내 음모를 알고 있었는지 모르겠군. 당신같이 민감한 사람은 분명 꽤 깊은 데까지 상상의 나래를 펼쳤을 테지. 하지만 아무리 그런 당신이라도 내 계획과 이상이 이렇게 탄탄할 줄은 미처 몰랐을 거야."

이야기를 마쳤을 때는 마침 새빨간 불꽃이 아직 사라지지 않은 채 하늘을 물들이고 있었습니다. 붉은 도깨비 같은 모습으로 히로스케는 가만히 지요코를 노려보았습니다.

"집에 보내줘요, 집에 보내줘요!"

지요코는 이미 조금 전부터 체면도 잊고 울부짖으며 같은 말만 되풀이했습니다.

"잘 들어, 지요코!"

히로스케는 그녀의 입을 틀어막기라도 하듯 고함쳤습니다.

"이렇게 다 털어놓은 마당에 당신을 곱게 돌려보내줄 거라 생각해? 당신은 이제 날 사랑하지 않는 거야? 어제까지만 해도, 아니 불과 조금 전까지만 해도 당신은 내가 진짜 겐자부로인지 아닌지 의심하면서도 여전히 나를 사랑하고 있었잖아. 그런데 내가 솔직하게 고백하고 나니까 이제 내가 원수처럼 밉고 무서워?"

"놔주세요! 집에 보내주세요!"

"그래? 그렇군. 당신은 역시 날 남편의 원수로 여기고 있어. 고모다 가문의 적으로 여기고 있다고. 지요코, 잘 들어. 내 눈엔 당신이 미치도록 사랑스러워. 차라리 당신과 함께 죽어버렸으면 좋겠다는 생각도 해. 하지만 나에겐 아직 미련이 있어. 히토미 히로스케를 죽이고, 고모다 겐자부로를 되살리기 위해서 내가 얼마나 애를 썼는데. 그리고 이 파노라마 왕국을 쌓아 올리기까지 어떤 희생을 치렀는데. 그걸 생각하면 이제 한 달 정도면 완성되는 이 섬을 내버려두고 못 죽어. 그러니까 지요코, 난 당신을 죽일 수밖에 없어."

"살려주세요!"

그 말을 듣자 지요코는 메마른 목소리를 쥐어짜며 외쳤습니다.

"살려주세요! 뭐든 당신이 시키는 대로 할게요. 겐자부로라고 생각하고 지금까지처럼 당신을 모실게요. 아무한테도 말하지 않아요. 앞으로도 입 밖에 내지 않을게요. 제발 살려주세요!"

"진심이야?"

불꽃 때문에 새파랗게 물든 히로스케의 얼굴에서 눈만이 보랏빛으로 번쩍번쩍 빛나며 꿰뚫듯이 지요코를 노려보았습니다.

"하하하하하하하, 안 돼, 안 돼. 난 이미 당신이 무슨 말을 하든 믿을 수가 없거든. 어쩌면 당신이 아직 조금은 날 사랑하는지도 모르지. 당신 말이 진심일지도 몰라. 하지만 증거 있어? 당신을 살려두면 내 신세를 망칠 거야. 그래, 또 당신이 다른 사람에게 알리지 않을 작정이라 쳐. 하지만 내 고백을 들어버린 이상 여자인 당신으로선 숨기기도 역부족이야. 나만 허세를 부린다고 도저히 해결되지 않거든. 언젠가는 당신 태도에서 티가 날 테니까. 어느 쪽이든 난 당신을 죽이는 방법밖에 없어."

"싫어요, 싫다고요. 제게는 부모님이 있어요. 형제가 있어요. 살려주세요, 제발 부탁이에요. 맹세코 꼭두각시처럼 당신이 시키는 대로 할게요. 놔주세요, 이거 놔요!"

"거봐, 당신은 목숨이 아까운 거야. 나를 위해 희생할 마음은 없어. 당신은 날 사랑하지 않아. 당신이 사랑한 건 겐자부로뿐이야. 아니, 설령 겐자부로와 똑같이 생긴 남자를 사랑할 수는 있어도, 천하의 나쁜 놈인 나만은 도저히 사랑하지 못하겠지. 이제 확실히 알았어. 나는 무슨 일이 있어도 당신을 죽여야 해."

히로스케의 두 팔은 지요코의 어깨에서 서서히 위치를 바꾸어 그녀의 목으로 다가갔습니다.

"으아아아아악, 살려주세요……"

지요코는 이미 혼이 나갔습니다. 오직 도망칠 생각밖에 없었습니다. 먼 선조에게 이어받은 호신 본능은 그녀로 하여금 고릴라처럼 이를 드러내게 했습니다. 그리고 거의 반사적으로 그녀의 날카로운 송곳니가 히로스케의 위팔을 깊숙이 깨물었습니다.

"빌어먹을!"

히로스케는 자기도 모르게 손을 풀고 말았습니다. 그 틈에 지요코는 평소의 그녀였다면 절대로 상상할 수 없는 재빠른 속도로 히로스케의 팔에서 빠져나와 무서운 기세로 바다표범처럼 물속에서 뛰어오르며 캄캄한 저쪽 물가로 달아났습니다.

"살려줘요……!"

귀청을 찢는 비명이 주위의 작은 산에 울려 퍼졌습니다.

"멍청하긴, 여긴 산속이야. 누가 구하러 오겠어? 낮에 본 여인들은 이미 이 땅속에 있는 방으로 돌아가서 푹 잠들었을 텐데. 게다가 당신은 도망가는 길도 모르잖아."

히로스케는 짐짓 여유 있는 태도를 보이고는 고양이처럼 그녀에게 다가갔습니다. 지상에는 아무도 없다는 사실을 이 왕국의 주인인 그는 잘 알고 있었습니다. 조금 걱정되는 점은 지요코의 비명이 불꽃이 나오는 관을 통해서 아득한 지하로 전해지지는 않을까 하는 것이었지만, 다행히도 그녀가 올라간 곳은 그 반대쪽이었던 데다 지하에 있는 불꽃 발사 장치 바로 옆에는 발전용 엔진이 요란한 소리를 내고 있어서 지상의 소리가 들릴 염려는 거의 없었습니다. 또 하나 더욱 안심되는 점은 때

마침 열몇번째 불꽃이 쏘아 올려진 탓에 조금 전의 비명이 그 소리에 거의 묻혔다는 사실입니다.

아직 꺼지지 않은 금빛 화염은 이리저리 출구를 찾아 우왕좌왕하는 지요코의 애처로운 모습을 생생하게 비추었습니다. 히로스케는 단숨에 날아서 지요코에게 달려들어서는 지요코를 깔고 넘어진 다음 간단히 지요코의 목을 양손으로 감쌌습니다. 그리고 그녀가 두번째 비명을 지르기도 전에 그녀의 호흡은 이미 고통스러워졌습니다.

"부디 용서해줘, 나는 지금도 당신을 사랑해. 하지만 난 너무 욕심이 많아. 이 섬에서 벌어지는 수많은 환락이 포기가 안 돼. 당신 하나 때문에 신세를 망칠 수는 없잖아."

히로스케는 끝내 눈물을 뚝뚝 흘리면서 "용서해줘, 용서해줘!"라고 연이어 외치며 더욱더 단단히 팔을 죄었습니다. 그의 몸 아래에서는 살과 살이 맞닿은 채 나체의 지요코가 그물에 걸린 물고기처럼 펄떡펄떡 뛰었습니다.

인공 꽃산의 골짜기 밑바닥에서 피어오르는 따뜻하고 향기로운 수증기 속에서 기괴한 불꽃의 오색 무지갯빛을 받으며 미친 듯이 장난치는 두 마리의 짐승처럼 두 사람의 나체가 뒤엉켰습니다. 그 모습은 끔찍한 살인이 아니라 오히려 황홀경에 빠진 남녀의 나체 춤처럼 보였습니다.

붙잡으려는 팔과 도망치려고 허둥대는 살갗, 때로는 밀착한 뺨과 뺨 사이에 짠 눈물이 섞여 들기도 하고, 가슴과 가슴이 맞닿아 미친 듯이 뛰며 박자를 맞추기도 했습니다. 비 오듯 흐르는 비지땀이 두 사람의 몸을 해삼처럼 질척질척하게 풀어헤치는 듯 보였습니다.

투쟁이라기보다는 유희 같은 느낌이었습니다. '죽음의 유희'라는 것이 있다면 바로 그것일 테지요. 상대의 배에 올라타서 그 가는 목을 조르는 히로스케도, 남자의 억센 근육 아래에서 발버둥 치며 헐떡이는 지요코도 어느덧 고통을 잊고 황홀한 쾌감, 말로 표현할 수 없는 희열에 빠져들었습니다.

이윽고 지요코의 새파래진 손가락이 단말마의 아름다운 곡선을 그리며 몇 번인가 허공을 움켜쥐더니 그녀의 투명한 콧구멍에서 실처럼 가느다란 피가 눅진하게 흘러나왔습니다. 바로 그때 마치 짠 것처럼 쏘아 올려진 불꽃의 거대한 금빛 꽃잎이 검은 벨벳 같은 하늘을 선명하게 가르며 지상의 화원과 샘, 그곳에 뒤엉킨 두 육체를 쏟아지는 금가루 속에 가두었습니다. 지요코의 창백한 얼굴과 그 위에 흐르는 실처럼 가느다랗고 붉은 옻칠을 한 듯 반들반들한 한 줄기 피가 얼마나 고요하고 아름답게 보였는지요.

23

히토미 히로스케가 T시의 고모다 저택으로 돌아가지 않은 건 그날부터였습니다. 그는 온전히 파노라마 왕국의 주민으로, 이 미쳐 돌아가는 왕국의 군주로 먼바다섬에 눌러살기 시작했습니다.

"지요코는 이 파노라마 왕국의 여왕님이다. 인간 세계에는 절대로 두 번 다시 모습을 드러내지 않을 것이다. 자네는 이 섬에 있는 온갖 군상의 나라를 보았나? 때에 따라 지요코는 그 어지럽게 늘어선 나체상 중 한 사람으로 둔갑하기도 하지. 그러지 않을 때는 바닷속 인어였다가, 독사의 나라에서 뱀을 부리기도 하고, 화원에 흐드러지게 핀 꽃의 정령이 되기도 한다. 그러다 그런 놀이에도 질리면 이 장려한 궁전 깊은 곳에서 비단 장막에 감싸여 부귀영화를 누리는 여왕님이다. 이 낙원 생활을 어찌 그녀가 좋아하지 않겠나? 그녀는 꼭 옛날이야기에 나오는 우라시마 다로*처럼 시간 가는 줄 모르고 집도 잊어버린 채 이 나라의 아름다움에 도취되어 있다. 너희는 전혀 걱정할 필요 없다. 자네의 사랑스러운 주인은 지금 행복의 절정에 있으니까."

지요코의 늙은 유모가 주인의 안부를 염려해 일부러 먼바다섬으로 지요코를 모시러 왔을 때 히로스케는 섬 지하를 뚫어 지은 장려한 궁전의 왕좌에 앉아서 마치 일국의 제왕이 신하를 인견하듯이 엄숙한 의식을 내세워 나이 든 노파를 놀라게 했습니다. 노파는 히로스케의 달콤한 말에 안도했는지, 아니면 그곳의 장엄한 광경에 압도되었는지, 제대로 대꾸도 못하고 물러나고 말았습니다.

모든 일이 이런 식이었습니다. 지요코의 아버지에게는 거듭거듭 막대한 답례품을, 그 밖의 친인척들은 사람에 따라 어떤 이에게는 경제적인 압박을, 어떤 이에게는 반대로 아낌없는 선물을 주고, 쓰노다 노인을 통해 관리에게 뇌물을 주는 것까지 빈틈없이 진행했습니다.

한편 섬사람들은 지요코 여왕의 모습을 살짝 엿보는 일조차 허락되지 않았습니다. 그녀는 낮이고 밤이고 지하 궁전 깊숙이 히로스케가 거처하는 방 안쪽의 무거운 장막 그늘에 숨어 있는데 어느 누구도 그 방에 들어가는 건 금지였습니다. 그렇지만 주인의 유별난 기호를 아는 섬사람들은 틀림없이 장막 안에 왕과 여왕님만의 환락과 꿈의 세계가 숨

---

* 浦島太郎: 일본 전설에 나오는 주인공 이름. 거북이를 구해준 대가로 용궁에 초대받아 갔다가 극진한 대접을 받으며 즐겁게 지내지만 집 생각이 나서 육지로 돌아왔을 때는 이미 많은 시간이 지나 세상이 싹 바뀌어 있었다는 이야기이다.

겨져 있을 거라고 히죽대며 속닥일 뿐 그 누구도 의심을 품지는 않았습니다. 원래 섬사람들은 몇몇 남녀를 빼면 지요코의 얼굴을 제대로 아는 사람도 없어서 우연히 지나가다가 여왕님의 모습을 본다 해도 그 사람이 과연 진짜 지요코인지 아닌지 분간할 줄도 몰랐습니다.

이렇게 해서 불가능에 가까운 일을 이루어냈습니다. 히로스케는 고모다 가문의 끝없는 재력으로 온갖 어려움을 이기고 모든 파탄을 수습할 수 있었습니다. 지금까지 가난했던 친인척이 하루아침에 벼락부자가 되기도 했습니다. 비참한 생활을 하던 서커스의 여자 댄서나 여자 영화배우, 여자 가부키 배우들은 이 섬에만 오면 일본 제일의 명배우처럼 후한 대접을 받았고요. 젊은 문인과 화가, 조각가, 건축가 들은 작은 회사 중역에 버금가는 급여를 받았습니다. 비록 그곳이 끔찍한 죄악의 나라일지라도 그 사람들이 어떻게 파노라마섬을 저버릴 용기를 낼 수 있었을까요.

그리고 드디어 지상낙원이 찾아왔습니다.

유례없는 카니발의 광기가 온 섬을 덮기 시작했습니다. 화원에 피는 나체 여인의 꽃, 온천수 연못에 아무렇게나 흩어져 있는 인어들, 꺼지지 않는 불꽃, 호흡하는 군상, 미친 듯이 춤추는 강철로 만든 검은 괴물, 만취해서 연신 웃음을 터뜨리는 맹수들, 춤추는 독사, 그 사이를 행진하는 미녀들의 연화좌, 그리고 연화좌 위에는 비단 옷에 감싸인 온 나라의 왕 히토미 히로스케의 미친 듯이 웃는 얼굴이 있었습니다.

연화좌는 때로 섬 중앙에 완성된 대형 콘크리트 원기둥의 나선 계단을 기어오르기도 했습니다. 원기둥에는 온통 푸른 담쟁이덩굴이 뻗어 있었고, 그 사이에는 역시 철로 된 담쟁이덩굴 같은 나선 계단이 빙글빙글 정상까지 이어졌습니다.

그곳 정상에 있는 기괴한 버섯 모양 우산 위에서는 섬 전체를 아득한 물가까지 한눈에 내려다볼 수 있었는데, 그 불가사의한 전망을 무엇에 비하면 좋을까요. 지상의 모든 풍경은 나선 계단을 올라가는 사이에 사라져버렸습니다. 화원도 연못도 숲도 사람도 오직 겹겹이 솟은 커다란 절벽으로 바뀌었습니다. 정상에서는 붉은 철단(鐵丹) 빛깔 절벽들이 꼭 한 송이 꽃을 이루는 꽃잎들처럼 저 멀리 물가까지 포개져서 보였습니다. 파노라마 왕국의 여행자는 갖가지 기괴한 경치 뒤에 나타난 이 생각지도 못한 전망에 또 한 번 크게 놀랄 수밖에 없었습니다. 예를 들면 섬 전체가 넓은 바다에 떠도는 한 송이 장미라고 할까요. 아편이 보여주는 환상처럼 거대한 진홍색 꽃이 하늘을 호령하는 해님과 단둘이서 대등하게 교제했습니다. 그 비길 데 없는 단조로움과 거대함이 어찌나 불가사의한 아름다움을 자아내던지요. 어떤 여행자는 걸핏하면 자신의 머나먼 선조가 보았을 신화의 세계를 떠올렸을지도 모릅니다⋯⋯

그 근사한 무대에서 벌어지는 밤낮을 가리지 않는 광기와 음탕함, 난무와 도취의 환락경, 생사의 유희를 작가인 제가 어떻게 표현하면 좋을까요. 그건 어쩌면 독자 여러분의 모든 악몽 중에서도 가장 황당무계하고 가장 피투성이인, 그리고 가장 아름다운 것과 어느 정도 비슷할 겁니다.

24

독자 여러분, 이 한 편의 동화 같은 이야기는 여기에서 순조롭게 대단원을 고해야 할까요? 히토미 히로스케였던 고모다 겐자부로는 이

렁게 백 살까지 불가사의한 파노라마 왕국의 환락에 빠져 지낼 수 있었을까요? 아니요, 그렇지는 않았을 겁니다. 예스러운 이야기들이 대부분 그렇듯 클라이맥스 다음에는 카타스트로프catastrophe라는 복병이 보란 듯이 기다리고 있었으니까요.

어느 날 히토미 히로스케는 문득 이유 모를 불안에 휩싸였습니다. 그것은 어쩌면 이른바 승리자의 비애였는지도 모릅니다. 끊임없는 환락에서 온 일종의 피로였는지도 모릅니다. 아니면 과거의 죄업에 대한 마음속 공포가 남몰래 그의 선잠 속 꿈을 덮쳤는지도 모르지요. 하지만 그런 이유가 아니라, 어쩌면 어떤 한 남자가 자신과 주변을 둘러싼 공기와 함께 남몰래 이 섬에 가지고 온 기이한 흉조라고 불러야 할 것이 히로스케의 불안을 키운 가장 큰 원인이 아니었을까요.

"이봐, 자네. 저기 연못 옆에 멍하니 서 있는 사내는 대체 누구지? 전혀 안면이 없는 사내인데."

히로스케는 제일 처음 그 남자를 화원의 온천수 연못 근처에서 발견했습니다. 그러고는 옆에서 시중들던 한 시인에게 이렇게 물었습니다.

"주인어른은 몰라보시겠습니까?"

시인이 대답했습니다.

"저자는 우리와 같은 문학가입니다. 2차로 고용하신 사람들 중 한 명이지요. 일전에 잠깐 본국에 돌아가 있는 바람에 눈에 띄지 않았던 모양인데 아마 오늘 배편으로 돌아온 듯합니다."

"아, 그랬나. 그렇다면 이름은 뭐지?"

"기타미 고고로(北見小五郞)라고 합니다."

"기타미 고고로라, 처음 듣는 이름인데."

이상하게 그 남자가 기억나지 않은 것도 어떤 흉조가 아니었을까요. 그때부터 히로스케는 어디에 있든 기타미 고고로라는 문학가의 시선을 느꼈습니다. 화원의 꽃 속에서, 온천수 연못의 수증기 너머에서, 기계 왕국에서는 실린더 그늘에서, 조각상 동산에서는 군상의 틈에서, 숲속에 있는 큰 나무의 그늘에서, 그가 언제나 자신의 일거수일투족을 주시하는 듯한 느낌을 받았습니다.

그러던 어느 날 섬 중앙에 있는 대형 원기둥의 그늘에서 히로스케는 마침내 벼르고 벼르던 그 남자를 붙잡았습니다.

"자네, 기타미 고고로라고 한다지? 내가 가는 곳마다 언제나 자네가 있어서 이상하게 생각하던 참이었는데."

그러자 우울한 초등학생처럼 멍하니 원기둥에 기대어 있던 상대는 창백한 얼굴을 약간 붉히며 공손하게 대답했습니다.

"아니요, 분명 우연일 겁니다. 주인어른."

"우연? 자네가 그렇다면 그렇겠지. 그런데 자네는 지금 그곳에서 무슨 생각을 하고 있었지?"

"옛날에 읽었던 소설을 생각하고 있었습니다. 매우 감명 깊은 소설이었지요."

"오, 소설이라고? 과연 자네는 문학가였군. 좋아, 누구의 무슨 소설이지?"

"주인어른은 아마 모르실 겁니다. 무명작가인 데다 출판도 되지 않았으니까요. 히토미 히로스케라는 사람이 쓴 「RA 이야기」라는 단편소설입니다."

히로스케는 갑자기 옛 이름을 불린 정도로는 놀라지 않을 만큼 충분히 단련되어 있었습니다. 히로스케는 상대의 입에서 나온 뜻밖의 말에 얼굴색 하나 변하지 않았을 뿐 아니라 생각지도 못하게 자신이 쓴 옛 작품의 애독자를 발견한 데 묘한 기쁨마저 느끼면서 반갑게 말을 이었습니다.

"히토미 히로스케, 알아. 동화 같은 소설을 쓰는 남자였는데, 내 학창 시절 친구야. 친구라고 해도 친밀하게 이야기해본 적도 없지만. 그런데 「RA 이야기」라는 건 읽어보지 못했어. 자네는 어떻게 그 원고를 손에 넣은 거지?"

"그렇습니까? 그럼 주인어른의 친구였습니까? 신기한 일도 다 있네요. 「RA 이야기」는 19○○년에 쓰인 작품인데, 그 무렵 주인어른은 이미 T시로 돌아와 계셨겠군요?"

"T시에 있었지. 돌아오기 2년쯤 전에 헤어진 이후로 히토미와는 일절 만나지 못했어. 그러니 그가 소설을 쓰기 시작했다는 사실도 잡지 광고에서 보고 알았을 정도야."

"그럼 학창 시절에도 그렇게 친한 편은 아니셨습니까?"

"그래. 강의실에서 만나면 인사나 나누는 정도였지."

"저는 여기 오기 전까지 도쿄의 K잡지 편집국에 있었습니다. 그래서 히토미 씨와도 알게 되어 미발표 원고도 읽었는데, 저는 이 「RA 이야기」라는 작품이 정말로 걸작이라고 생각합니다. 그런데 편집장님이 묘사가 너무 농염한 게 마음에 걸린다며 그만 퇴짜를 놓고 말았지요. 그도 그럴 것이 히토미 씨는 아직 신출내기 무명작가였으니까요."

"아쉬운 일이군. 그래서 히토미 히로스케는 요즘 무얼 하고 지내나?"

히로스케는 '이 섬에 불러줄 수도 있는데'라고 덧붙이려다가 겨우 참았습니다. 그 정도로 그는 자신의 옛 죄악에 관해서는 한 치의 거리낌도 없는 완전한 고모다 겐자부로가 되어 있었습니다.

"아직 모르시는 것 같군요."

기타미 고고로는 감개 깊게 말했습니다.

"그 사람은 작년에 자살했습니다."

"뭐, 자살을 했어?"

"바다에 빠져 죽었습니다. 유서가 있어서 자살이라는 걸 알았지요."

"무슨 일이 있었나 보군."

"아마 그렇겠지요. 저는 모르겠지만. ……그나저나 신기한 건 주인 어른과 히토미 씨가 마치 쌍둥이처럼 닮았다는 점입니다. 제가 처음 이곳에 왔을 때 혹시 히토미 씨가 이런 곳에 숨어 있었던 건 아닐까 하고 놀랐을 정도입니다. 물론 주인어른도 그 사실은 알고 계셨겠지요."

"지겹도록 놀림을 받았지. 신이 엉뚱한 장난을 치시는 거야."

히로스케는 자못 호방하게 웃어 보였습니다. 그러자 기타미 고고로도 덩달아 우스워죽겠다는 듯이 웃었습니다.

그날은 하늘이 온통 잿빛 비구름에 뒤덮인 채 폭풍이 몰아치기 전처럼 이상하게 고요하고 미풍조차 없었습니다. 그렇지만 섬 주변에는 파도가 짐승처럼 으르렁거리며 섬뜩하게 거품을 일으키는 날씨였습니다.

그림자가 없는 대형 원기둥은 낮게 깔린 먹구름을 향해 악마의 계단처럼 우뚝 솟아 있었고, 다섯 아름이나 되는 원기둥 아래쪽에서 작은 두 인간이 맥없이 이야기를 나누고 있었습니다. 평소에는 나체 여인의 연화좌에 타거나 여러 명의 하인을 거느리는 히로스케가 오늘은 웬일로 혼자서만 여기에 온 것도, 일개 고용인에 지나지 않는 기타미 고고로와 이렇게 긴 이야기를 시작한 것도 이상하다면 이상했습니다.

"정말로 판박이예요. 게다가 닮은 점이라면 또 하나 묘한 사실이 있습니다."

기타미 고고로는 점점 끈덕지게 이야기에 파고들기 시작했습니다.

"묘한 사실이라니?"

히로스케도 어쩐지 이대로 헤어지고는 배기지 못할 것 같았습니다.

"방금 그 「RA 이야기」라는 소설 말입니다. 그런데 주인어른은 혹시 히토미 씨에게 그 소설의 줄거리에 관해 들으신 적 없습니까?"

"아니, 그런 적 없어. 아까도 말했듯이 히토미와는 단순한 동창이야. 다시 말해 학교에서나 아는 사이였지 한 번도 깊게 이야기를 나눠 본 적이 없어."

"정말입니까?"

"엉뚱한 친구로군. 내가 왜 거짓말을 하겠어?"

"그런데 당신, 그렇게 단정 지으셔도 괜찮겠어요? 혹시 후회는 없습니까?"

기타미의 묘한 충고에 히로스케는 어쩐지 소름이 끼쳤습니다. 그렇지만 그게 무엇인지는 이상하게 생각이 나지 않았습니다. 당연한 걸 깜박 잊은 듯한 느낌이었습니다.

"자네 대체 무슨 말을……"

히로스케는 말을 하다가 말고 갑자기 입을 다물었습니다. 어렴풋이 어떤 일이 떠올랐습니다. 그의 얼굴은 파랗게 질리고, 호흡은 가빠지고, 겨드랑이 아래로 차가운 것이 흘러내렸습니다.

"저런, 조금씩 알겠습니까? 내가 뭣 때문에 이 섬에 왔는지."

"몰라, 자네가 무슨 말을 하는지 하나도 모르겠어. 미친 소리 그만 해."

그리고 히로스케는 또다시 웃었습니다. 하지만 마치 유령의 웃음소리처럼 힘이 없었습니다.

"모르시겠다면 이야기해드리지."

기타미는 조금씩 하인으로서의 선을 넘어섰습니다.

"「RA 이야기」라는 소설에 나오는 몇몇 장면과 이 섬의 풍경이 하나부터 열까지 완전히 똑같단 말입니다. 마치 당신이 히토미 씨를 빼닮은 것처럼 빼닮았어요. 만일 당신이 히토미 씨의 소설을 읽지도, 이야기를 듣지도 않았다면 어찌 이렇게 이상할 정도로 똑같을 수 있을까요? 우연의 일치라기엔 똑같아도 너무 똑같습니다. 이 파노라마섬에서 벌어진 창작은 「RA 이야기」의 작가와 조금도 다르지 않은 사상과 흥미를 가진 사람이 아니면 불가능합니다. 아무리 당신과 히토미 씨의 용모가 닮았기로서니 사상까지 전부 동일하다면 너무 이상하지 않습니까? 난 지금 그 생각을 하고 있었어요."

"그래서 무슨 말이 하고 싶은 거요?"

히로스케는 숨을 죽이고 상대의 얼굴을 노려보았습니다.

"아직 모르시겠습니까? 그러니까 당신은 고모다 겐자부로가 아니라 바로 히토미 히로스케라는 말이지요. 만일 당신이 「RA 이야기」를 읽었거나 들었다면 그걸 흉내 내서 이 섬의 풍경을 만들었다는 발뺌도 가능했겠죠. 그렇지만 당신은 방금 그 유일한 도망갈 길을 스스로 막아버리지 않았습니까?"

히로스케는 상대가 놓은 교묘한 덫에 걸렸다는 것을 깨달았습니다. 히로스케는 이 대사업에 착수하기 전에 한차례 자기가 쓴 소설류를 점검하고는 딱히 화근이 될 만한 것이 없음을 확인했지만, 퇴짜 맞은 투고 원고까지는 미처 생각하지 못했습니다. 「RA 이야기」라는 소설을 썼다는 사실조차 거의 잊고 있었을 정도입니다. 이 이야기의 첫머리에서도 말했듯이 그는 쓰는 원고마다 대부분 퇴짜를 맞은 비운의 저술가였으니까요. 그렇지만 방금 기타미가 한 말을 듣고 떠올려보니 그는 분명히 그런 소설을 쓴 적이 있었습니다. 인공 풍경을 창작하는 일은 그의 오랜 꿈이었기 때문에 그 꿈이 한편으로는 소설이 되고, 한편으로는 그 소설과 조금도 다르지 않은 실물로 나타났다고 해도 전혀 이상하지 않았습니다. 그토록 생각하고 생각한 자신의 계획에도 역시 실수가 있었던 것입니다. 그것이 하필이면 투고에 그친 원고였을 줄이야. 아무리 후회해도 부족한 심정이었습니다.

'아아, 이제 틀렸군. 결국 이 녀석 때문에 정체를 들킨 건가. 하지만 가만있자. 이 녀석이 쥐고 있는 건 기껏해야 소설 한 편이잖아. 아직 주저앉기엔 조금 일러. 이 섬의 풍경이 다른 사람이 쓴 소설과 닮았다고 해서 범죄의 증거가 되지는 않으니까.'

히로스케는 순식간에 마음을 다잡고 느긋한 태도를 되찾았습니다.

"하하하하…… 자네도 참 고생을 사서 하는 사내로군. 내가 히토미 히로스케라고? 그야 히토미 히로스케라 해도 아무 상관 없는데, 미안하지만 난 틀림없는 고모다 겐자부로라서 말이네, 어쩔 수 없군."

"아니요, 내가 쥐고 있는 증거가 그것뿐이라고 생각한다면 큰 오산입니다. 난 전부 알고 있거든요. 알고 있지만 당신 자신의 입으로 자백하게 만들려고 이렇게 빙 둘러말한 거예요. 다짜고짜 경찰을 개입시키고 싶지 않았던 이유가 있었으니까요. 그 이유를 말하자면 내가 당신의 예술에 진심으로 탄복하고 있어서예요. 아무리 히가시코지(東小路) 백작 부인의 부탁이라고는 하나, 이 위대한 천재를 함부로 속세의 법률 따위에 심판받게 하고 싶지는 않기 때문입니다."

"그러니까 자네는 히가시코지가 보낸 첩자로군."

히로스케는 가까스로 의미를 깨달았습니다. 겐자부로의 누이동생이 시집을 간 히가시코지 백작이라면 수많은 친척 중에서 돈의 힘으로 쥐락펴락할 수 없는 단 한 명의 예외였습니다. 기타미 고고로는 분명 그 히가시코지 부인의 앞잡이였습니다.

"그렇습니다. 나는 히가시코지 부인의 의뢰를 받고 왔습니다. 평소 고향과는 거의 왕래가 없던 히가시코지 부인이 멀리서 당신의 행동을 감시하고 있었다니, 당신도 의외겠지요."

"아니, 그보다 여동생이 나에게 당치도 않은 의심을 품고 있다는 게 의외야. 만나서 얘기해보면 금방 알 수 있을 텐데."

"그런 말을 한들 이제 와서 무슨 소용이 있겠습니까. 「RA 이야기」는 내가 당신을 의심하게 된 하나의 계기일 뿐 진짜 증거는 따로 있어요."

"그럼 그 얘길 들어볼까?"

"예컨대 말이죠."

"예컨대?"

"예컨대 이 콘크리트 벽에 들러붙어 있는 머리카락 한 올입니다."

기타미 고고로는 그렇게 말하더니 옆에 있는 대형 원기둥 표면의 담쟁이덩굴을 헤치고 그 사이에 보이는 흰색 겉면에서 우담화(優曇華)처럼 난 긴 머리카락 한 올을 보여주었습니다.

"당신은 아마 이것이 무엇을 의미하는지 알 겁니다. ……아이고, 그건 안 되죠. 당신 손가락이 방아쇠에 걸리기 전에, 보세요. 내 총알이 튀어 나갈걸요."

기타미는 그렇게 말하고는 오른손에 든 번쩍이는 물건을 눈앞에 들이댔습니다. 히로스케는 주머니에 손을 넣은 채로 돌처럼 굳어버렸습니다.

"난 지난번부터 이 머리카락 한 올에 관해 계속 생각해왔어요. 그리고 방금 당신과 이야기하는 사이 겨우 진상을 파악하기에 이르렀죠. 이 머리카락은 한 올만 따로 떨어진 게 아니라 안쪽에서 무언가에 연결되었다는 걸 확인할 수 있었어요. 그럼 지금 시험해볼까요?"

기타미 고고로는 말이 끝나기 무섭게 갑자기 주머니에서 커다란 잭나이프를 꺼내어 머리카락의 밑동 부근을 힘껏 찌르고 또 찔렀습니다. 그러자 콘크리트가 부슬부슬 흘러내렸습니다. 이윽고 단단한 칼이 절반이나 들어갔나 싶더니 칼끝을 타고 새빨간 액체가 줄줄 흘러나와 순식간에 하얀 콘크리트 표면에 또렷하게 모란꽃 한 송이가 피었습니다.

"파내어볼 것까지도 없습니다. 이 기둥에는 사람의 시체가 숨겨져 있어요. 당신의, 아니, 고모다 겐자부로 어른의 부인 시체가."

유령처럼 파랗게 질려서 당장이라도 그 자리에 주저앉을 것만 같은 히로스케를 한 손으로 붙잡아 안으면서 기타미는 태연하게 말을 이었습니다.

"물론 내가 이 머리카락 한 올만 가지고 모든 것을 짐작한 건 아닙니다. 히토미 히로스케가 고모다 겐자부로 행세를 하려면 분명 고모다 부인의 존재가 가장 큰 방해물일 거라는 데 생각이 미쳤어요. 그래서 당신과 부인의 사이를 주의 깊게 관찰하는 도중에 문득 부인의 모습이 우리의 시야에서 사라져버리는 일이 일어났죠. 다른 사람은 속여도 나는 못 속여요. 바로 당신이 부인을 살해한 것이 틀림없다고 생각했습니다. 살해한 이상 시체를 숨긴 장소가 있겠죠. 당신 같은 사람은 어떤 장소를 고를까요. 그런데 옳다구나 싶었던 게, 이것도 당신은 잊으셨을지 모르겠지만, 「RA 이야기」에 그 숨긴 장소가 똑똑히 암시되어 있었거든요. 그 소설에는 RA라는 비정상적 취향을 가진 남자가 콘크리트로 대형 원기둥을 세울 때, 옛날 다리 공사 따위에 얽힌 전설을 흉내 내어(소설이니까 사람을 죽이는 것은 자유자재입니다) 그럴 필요가 없는데도 그 콘크리트 속에 한 여인을 인간 기둥 삼아 생매장하는 이야기가 쓰여 있었지요. 혹시나 하고 부인이 이 섬에 오신 날을 세어보니 정확히 이 원기둥의 널판장을 완성해서 시멘트를 부어 넣기 시작한 무렵이었다는 걸 알았어요. 숨기는 장소로 그만큼 안전한 곳이 없지요? 당신은 그저 사람이 없는 때를 노려 발판 위까지 시체를 안고 올라가서 널판장 속으로 떨어뜨려 넣고 그 위로 시멘트를 두세 양동이 부어놓기만 하면 되었으니까요. 그런데 부인의 머리카락이 딱 한 올 콘크리트에 엉켜 밖으로 삐져나오다니, 범죄에는 뭔가 생각지도 못한 착오가 생기기 마련 아닙니까?"

이미 히로스케는 망연자실한 채 주저앉아 원기둥에서 지요코의 피가 흘러나오는 딱 그 자리에 기대어 있었습니다. 기타미 고고로는 그 비참한 모습을 딱하다는 듯 바라보았지만, 생각했던 말만큼은 다 해버릴 작정이었습니다.

"그걸 역으로 생각하면, 결국 당신이 부인을 살해해야 했다는 건 곧 당신이 고모다 겐자부로가 아니었단 말이지요. 알겠습니까? 부인의 시체가 아까 말한 증거 중 하나예요. 물론 그뿐이 아닙니다. 난 또 하나 가장 중요한 증거를 쥐고 있어요. 아마 벌써 아시겠지만, 그 증거는 다름 아니라 고모다 가문 선조들의 위패를 모신 절의 묘지에 있어요. 사람들은 겐자부로 어른의 묘지에서 시체가 사라지고, 다른 장소에 겐자부로 어른과 똑 닮은 살아 있는 사람이 나타난 걸 보고 금방 겐자부로 어른이 되살아났다고 철석같이 믿어버렸죠. 그렇지만 관 속에서 시체가 없어졌다고 해서 반드시 시체가 되살아났다고는 단정할 수 없습니다. 시체는 다른 장소로 옮겨졌을지도 모르니까요. 다른 장소라면, 그야 가장 가까운 곳에 몇 개나 관이 묻혀 있으니까 시체를 들어낸 자가 그것을 어딘가에 숨기려 한다면 옆에 있는 관만큼 안성맞춤인 장소는 없지요. 정말 대단한 속임수 아닙니까? 고모다 겐자부로의 무덤 옆에는 겐자부로의 조부 되는 분의 관이 묻혀 있는데, 그곳에는 지금 당신의 배려 깊은 조치 덕에 할아버지와 손자가 뼈와 뼈끼리 껴안고 사이좋게 잠들어 있어요."

기타미 고고로가 거기까지 이야기했을 때 주저앉아 있던 히토미 히로스케가 갑자기 벌떡 일어나더니 섬뜩하게 웃기 시작했습니다.

"하하하…… 이야, 당신은 정말 철저히도 조사했군. 맞소. 조금도 틀린 데가 없소. 하지만 사실은 당신 같은 명탐정이 나설 것도 없이 난 이미 파멸에 직면해 있었소. 늦냐 이르냐의 차이만 있을 뿐. 아까는 나도 깜짝 놀라서 당신에게 맞서려고까지 생각했지만, 다시 생각해보니 그렇게 한들 지금의 환락을 겨우 보름이나 한 달쯤 늘릴 뿐이오. 그게 무슨 의미가 있겠소. 나는 이미 만들고 싶은 만큼 만들고, 하고 싶은 만큼 했소. 미련은 없소. 깨끗이 원래의 히토미 히로스케로 돌아가서 당신 지시에 따르리다. 고백하자면 그 대단한 고모다 가문의 재산도 앞으로 겨우 한 달간 이 생활을 버틸 정도밖에 남지 않았고. 그런데 당신은 아까 나 같은 남자를 함부로 속세의 법률 따위에 심판받게 하고 싶지는 않다고 말했던가. 그건 무슨 의미요?"

"고마워요. 그걸 물어봐주길 바랐어요. ……그 의미는 말이죠, 그건 경찰 따위의 손을 빌리지 않고, 당신 스스로 깨끗이 처결해주었으면 한다는 거예요. 이건 히가시코지 백작 부인의 분부는 아닙니다. 예술을 섬기는 또 한 명의 종으로서 내 개인적인 바람입니다."

"고맙소. 나도 감사 인사를 하고 싶군. 그럼 나에게 잠깐만 자유 시간을 주겠소? 딱 30분이면 되는데."

"그러고말고요. 섬에는 몇백 명이나 되는 당신의 하인들이 있지만, 당신이 무서운 범죄자라는 걸 알면 설마 편을 들어줄 리도 없을 테고, 또 편들어줄 사람을 끌어모아 나와의 약속을 어길 당신도 아닐 테지요. 그럼 난 어디에서 기다릴까요?"

"화원의 온천수 연못에서."

히로스케는 그 말을 내뱉고는 대형 원기둥 맞은편으로 자취를 감추었습니다.

25

그때부터 10분쯤 뒤 기타미 고고로는 수많은 나체 여인들 틈에 섞여 온천수 연못의 향기로운 수증기 속에 몸을 반쯤 담그고 한가로운 기분으로 히로스케가 오기를 기다리고 있었습니다.

하늘은 여전히 온통 먹구름에 뒤덮여 있고, 바람은 없었으며, 시야 가득 꽃뿐인 산은 은회색으로 잠들었고, 온천수 연못은 잔물결도 일지 않았으며, 그곳에서 목욕하는 수십 명의 나체 여인들조차 마치 죽은 듯이 침묵을 지켰습니다. 기타미의 눈에는 그 전체적인 풍경이 무언가 우울한 천연 오시에*처럼도 보였습니다.

그리고 10분, 20분 흘러가는 동안이 얼마나 길게 느껴졌던지요. 언

---

* 押繪: 꽃·새·사람 등의 모양을 판지로 만들어 예쁜 천으로 감싸고, 안에 솜을 채워 입체감을 살려서 널빤지 따위에 붙인 것.

제까지나 움직이지 않는 하늘, 꽃산, 연못, 나체 여인들, 그리고 그것들을 담은 꿈속 같은 회색.

그런데 이윽고 사람들은 연못 한구석에서 쏘아 올려진 때아닌 불꽃 소리에 깜짝 놀라 정신을 차렸습니다. 다음 순간 하늘을 올려다보고는 거기에 피어난 빛의 꽃이 너무나 아름다워 또다시 감탄하며 소리를 질렀습니다.

꽃은 보통 불꽃의 다섯 배 정도 크기로 거의 하늘을 기득 메우며 퍼졌습니다. 하나의 꽃이라기보다는 온갖 꽃을 모아서 한 송이로 만든 듯했습니다. 오색 꽃잎이 꼭 만화경 같았습니다. 꽃잎은 떨어지면서 팔랑팔랑 그 색과 모양을 바꾸며 더욱더 넓게넓게 퍼졌습니다.

밤의 불꽃도 아니고, 그렇다고 낮의 불꽃과도 달랐습니다. 먹구름과 은회색을 배경으로 오색 빛이 괴상하게 광택을 잃은 채 시시각각 면적을 넓히며, 마치 사람을 죽이는 낙하 천장처럼 조금씩조금씩 내려오는 모습은 정말로 넋이 나갈 만한 광경이었습니다.

그때 기타미 고고로는 눈이 팽팽 도는 오색 빛 아래에서 문득 몇몇 나체 여인의 얼굴과 어깨에 붉은색 물보라가 이는 걸 보았습니다. 처음에는 수증기의 물방울에 불꽃의 색이 비친 줄 알고 무심코 지나쳤지만, 이윽고 붉은 물보라가 점점 거세게 쏟아져 내리더니 자신의 이마와 뺨에도 이상하게 따뜻한 물방울이 느껴졌습니다. 손으로 닦아보니 붉은 물방울, 사람의 피가 틀림없었습니다. 그리고 눈앞 온천수 표면에 둥둥 떠다니는 것을 자세히 보니 무참히 찢긴 인간의 손목이 어느 틈에 그곳에 떨어져 있었습니다.

기타미 고고로는 그처럼 피비린내 나는 광경 속에서도 신기하게 전혀 동요하지 않는 나체 여인들을 의아해했습니다. 그러면서 자신도 그대로 돌처럼 굳어 연못 둑에 가만히 머리를 기대고서, 멍하니 자신의 가슴 부근에 떠다니는 생생한 꽃이 핀 손목의 새빨간 단면을 들여다보았습니다.

이렇게 히토미 히로스케의 온몸은 불꽃과 함께 산산이 부서져서 그가 창조한 파노라마 왕국의 모든 풍경 구석구석까지 피와 살덩이의 비가 되어 쏟아져 내렸습니다.

인간 의자

요시코(佳子)는 매일 아침 출근하는 공무원 남편을 배웅한 뒤 10시
가 넘어서야 겨우 혼자가 된다. 그때부터는 서양식 건물 안에 있는, 남
편과 함께 쓰는 서재로 가서 틀어박히는 게 일상이다. 그곳에서 그녀는
지금 K잡지의 올여름 특별 호에 실을 긴 원고를 집필하고 있다.

　아름다운 여류 작가 요시코는 이미 외무성 서기관인 부군의 명성이
무색할 정도로 유명했다. 그녀의 집에는 날이면 날마다 미지의 팬들이
보내는 편지가 여러 통씩 날아들었다.

　오늘 아침만 해도 요시코는 서재의 책상 앞에 앉아 일을 시작하기
전에 우선 미지의 사람들에게 온 편지를 훑어봐야 했다.

　편지에 적힌 글들은 하나같이 시시했다. 하지만 요시코는 친절한
여성으로서 배려심을 발휘해 어떤 편지든 자신에게 온 것은 아무튼 대
강이라도 읽어보려 애썼다.

　간단한 것부터 편지 두 통과 엽서 한 장을 보고 나자 마지막으로
두툼한 원고로 보이는 한 통이 남았다. 특별히 원고를 보내겠다는 기별

을 받은 건 없었다. 하지만 그렇게 갑자기 원고를 보내오는 일은 지금까지도 곧잘 있었다. 그런 원고는 대부분의 경우 장황해서 지루하기 짝이 없었지만, 요시코는 어쨌든 표제만이라도 봐두려고 봉투를 뜯어 안에 든 종이 뭉치를 꺼내보았다.

그것은 예상대로 원고지를 철한 것이었다. 그런데 어찌 된 일인지 표제도 서명도 없이 다짜고짜 '부인' 하고 부르는 말로 시작하는 것이었다. 어머, 그럼 역시 편지인가 하고 무심코 둘째 줄 셋째 줄 읽어가던 요시코는 거기에서 왠지 모르게 이상하고 묘하게 기분 나쁜 무언가를 예감했다. 그러자 그녀의 타고난 호기심이 계속해서 글을 읽어나가게 만들었다.

부인,

부인께서는 일면식도 없는 남자가 돌연 이런 무례한 편지를 보내는 죄를 부디 용서하여주십시오.

이런 말씀을 드리면 부인은 분명 깜짝 놀라시겠지만, 저는 지금 당신 앞에 제가 지어온 참으로 불가사의한 죄악을 고백하려 합니다.

저는 몇 달 동안 인간 세계에서 감쪽같이 모습을 감추고 정말이지 악마와 같은 생활을 해왔습니다. 물론 넓은 세상에 누구 하나 제 소행을 아는 자는 없습니다. 만약 특별한 일이 없었다면 저는 이대로 영원히 인간 세계로 되돌아가지 않았을지도 모릅니다.

그런데 요즘 들어 제 마음에 어떤 이상한 변화가 생겼습니다. 그래서 어떻게든 저의 이 불행한 처지를 참회하지 않고는 견디지 못하게 되었습니다. 단지 이렇게 말씀드리는 것만으로는 여러모로 미심쩍은 점도 있겠지만, 바라옵건대 적어도 이 편지를 끝까지 읽어주십시오. 그러면 왜 제가 그런 마음을 먹었는지, 또 왜 이런 고백을 일부러 부인께 해야 했는지 모두 명백해질 테니까요.

글쎄요, 무엇부터 쓰면 좋을까요. 세상 사람들은 상상도 못할 기괴천만한 사실인지라 이렇게 인간 세계에서 쓰이는 편지라는 방법은 묘하게 낯간지러워서 글이 잘 써지지 않는군요. 하지만 망설여도 별 수 없겠지요. 어쨌든 일의 발단부터 차례대로 써보겠습니다.

저는 태어날 때부터 지독히도 못생긴 외모의 소유자입니다. 이 점을 부디 똑똑히 기억해주시기 바랍니다. 그러지 않으면 혹시 당신이 이 무례한 부탁을 받아들여 저를 만나주실 경우, 그렇지 않아도 추한데 오랜 세월 불건전한 생활을 한 탓에 두 눈 뜨고 볼 수 없는 흉측한 모습이 되어 있는 제 얼굴을 아무런 예비지식도 없이 당신에게 보이는 건 저로서는 견디기 힘든 일일 테니까요.

저란 남자는 얼마나 불행한 운명을 타고났는지요. 그런 추한 외모를 가지고 마음속으로는 남몰래 누구보다 거센 정열을 불태우고 있었던 겁니다. 저는 괴물 같은 얼굴을 하고, 게다가 찢어지게 가난한, 일개 직공에 불과한 제 현실을 잊고, 주제넘게도 감미롭고 사치스러운 갖가지 '꿈'을 동경했습니다.

제가 만약 더 부유한 집에서 태어났더라면 돈의 힘으로 온갖 유희에 빠져 추한 얼굴이 주는 처량함을 달래기라도 했겠지요. 아니면 제게 좀더 예술적인 재능이 주어졌더라면, 이를테면 아름다운 시가를 지어 이 세상의 따분함을 잊기라도 했겠지요. 그러나 불행한 저는 어떤 은혜도 입지 못했고, 불쌍하게도 한 가구 직공의 아들로서 아버지의 일을 물려받아 그날그날 생계를 꾸려가야만 했습니다.

제 전문은 다양한 의자를 만드는 일이었습니다. 제가 만든 의자는 아무리 까다로운 주문을 한 고객도 만족시켰기 때문에 상회에서도 저를 특별히 배려해서 작업도 고급품만 맡겨주었습니다. 그런 고급품은 등받이나 팔걸이의 조각에 이런저런 까다로운 주문이 있거나 쿠션의 정도, 각 부분의 치수 등에 미묘한 취향이 있어서, 만들려면 평범한 아마추어는 상상도 못할 정도로 애를 써야 합니다. 하지만 애를 쓰면 쓴 만큼 완성했을 때의 쾌감은 어마어마합니다. 건방지게 들릴지도 모르겠지만, 그 기분은 예술가가 훌륭한 작품을 완성했을 때의 기쁨에도 비할 만할 겁니다.

하나의 의자가 완성되면 먼저 제가 직접 거기 앉아서, 앉았을 때의 느낌을 살펴봅니다. 따분한 직공 생활 속에서도 그때만큼은 뭐라 표현하기 힘든 뿌듯함을 느끼지요. 여기에는 어떤 고귀한 분이, 혹은 어떤 아름다운 분이 앉으실까, 이런 훌륭한 의자를 주문하실 정도의 저택이니 그곳에는 분명 이 의자에 걸맞은 호화로운 방이 있겠지. 벽에는 틀림없이 유명한 화가의 유화가 걸려 있고, 천장에는 커다란 보석 같은 샹들리에가 드리워져 있을 거야. 바닥에는 값비싼 융단이 깔려 있겠지. 그리고 이 의자 앞에 있는 테이블에는 눈이 번쩍 뜨이는 서양 화초가 감미로운 향기를 풍기며 만발해 있을 것이다. 그런 망상에 빠져 있으면 뭐랄까 내가 그 멋진 방의 주인이라도 된 것 같은 기분이 들어서 비록 한순간이긴 해도 뭐라 형용할 수 없이 유쾌해집니다.

제 덧없는 망상은 끝도 없이 점점 커집니다. 제가, 가난하고 못생긴 일개 직공에 지나지 않는 제가 망상의 세계에서는 고상한 귀공자가 되어 제가 만든 훌륭한 의자에 앉아 있습니다. 그리고 그 옆에는 늘 제 꿈에 나타나는 아름다운 저의 연인이 아름다운 미소를 지으며 제 이야기에 귀를 기울이고 있습니다. 그뿐이 아닙니다. 저는 망상 속에서 그 사람과 손을 맞잡고 달콤한 사랑의 정담을 속삭이기까지 합니다.

그렇지만 언제나 저의 이 붕 뜬 보랏빛 꿈은 금세 근처 안주인의 시끄러운 말소리나 히스테리처럼 울부짖는 그 근방 병든 아이의 목소리에 확 깨버리고, 제 앞에는 다시금 추악한 현실이 잿빛 몸뚱이를 드러냅니다. 현실로 되돌아온 저는 그곳에서 꿈속의 귀공자와는 조금도 닮은 구석이 없이 불쌍할 만큼 추한 자신의 모습을 발견합니다. 그리고 방금까지도 제게 미소 지어주던 그 아름다운 사람은. ……그런 사람이 대체 어디 있나요. 근처에서 먼지투성이가 되어 아이와 놀아주는 꾀죄죄한 하녀조차 저 따위에게는 눈길조차 주지 않습니다. 단 하나 제가 만든 의자만이 방금 그 꿈의 잔영처럼 그곳에 오도카니 남아 있습니다. 하지만 그 의자는 이제 어딘지도 모르는, 우리와는 전혀 다른 세계로 운반되어 가지 않습니까.

저는 그렇게 의자를 하나하나 완성할 때마다 말 못할 허무감을 맛봅니다. 뭐라 형용할 수 없는 끔찍한, 끔찍한 기분은 세월이 지날수록 점점 참기 힘들어졌습니다.

'이런 벌레 같은 생활을 이어갈 바에야 차라리 죽는 게 나아.' 저는 진지하게 그렇게 생각했습니다. 작업장에서 끌을 두드리면서, 못을 치면서, 또 자극적인 도료를 저어 이기면서 똑같은 생각을 집요하게 반복했습니다. '잠깐만, 죽어버릴 정도라면, 그런 결심을 할 정도라면, 다른 방법이 없을까. 예를 들면……' 그렇게 제 생각은 점점 무서운 쪽으로 흘러갔습니다.

때마침 그 무렵 저는 지금까지 다뤄본 적 없는 큰 가죽 팔걸이의자의 제작을 의뢰받았습니다. 이 의자는 같은 Y시에서 외국인이 경영하는 어느 호텔에 납품할 물건인데, 원래는 본국에서 들여오기로 되어 있었습니다. 그런데 제가 고용된 상회에서 손을 써 일본에도 외국 물건에 버금가는 의자를 만드는 직공이 있다며 겨우 주문을 딴 것입니다. 그런 만큼 저도 덜 자고 덜 먹으며 제작에 매달렸습니다. 정말 혼을 담아 열심히 만들었습니다.

그렇게 완성된 의자를 보니 저는 그때까지 경험해보지 못한 만족을 느꼈습니다. 저 스스로도 넋을 잃을 만큼 뛰어난 솜씨였으니까요. 저는 여느 때처럼 네 개 한 조의 의자 중 하나를 볕 잘 드는 마루로 가지고 나와 느긋한 기분으로 앉아보았습니다. 앉은 느낌이 어찌나 좋던지요. 폭신한 것이 너무 딱딱하지도 너무 부드럽지도 않게 착 감기는 쿠션하며, 일부러 염색을 하지 않고 회색 생가죽 그대로를 붙인 부드러운 다룸가죽의 감촉, 적당한 경사로 지그시 등을 받쳐주는 풍성한 등받이, 섬세한 곡선을 그리며 봉긋하게 솟은 양쪽 팔걸이, 그 모든 것이 기묘한 조화를 이루어서 '안락하다'라는 말이 그대로 형태로 나타난 듯 보였습니다.

저는 거기에 깊숙이 몸을 묻고 양손으로 보동보동한 팔걸이를 어루만지며 황홀경에 빠졌습니다. 그러자 습관처럼 끝없는 망상이 오색 무지개같이 눈부시게 아름다운 색채로 차례차례 솟아올랐습니다. 그런 걸 환영이라고 하나요. 마음속에 떠올리는 장면 그대로 너무도 분명히 눈앞에 떠올라서 혹시 내가 미친 게 아닌가 하고 어쩐지 무서워졌을 정도입니다.

그런 와중에 제 머릿속에 문득 멋진 생각이 떠올랐습니다. 악마의 속삭임이란 아마 이런 걸 말하는 게 아닐까요. 그건 꿈처럼 황당무계하고 몹시도 꺼림칙했습니다. 그런데 그 불쾌감이 말 못할 매력으로 다가와 저를 부추긴 것입니다.

처음에는 그저 제 진심을 담은 아름다운 의자를 멀리 보내고 싶지 않은, 그래서 가능하면 그 의자를 어디까지든 따라가고 싶다는 단순한 바람이었습니다. 그것이 꿈틀꿈틀 망상의 날개를 펼치더니 어느 틈엔가 평소 제 머릿속에서 무르익어 있던 어떤 무서운 생각과 연결되고 만 것입니다. 저란 사람은 얼마나 미치광이인지요. 그 기괴하기 짝이 없는 망상을 실제로 행해보자고 마음먹은 겁니다.

저는 부리나케 네 개 중 가장 잘 만들어진 팔걸이의자를 조각조각 해체했습니다. 그러고는 새롭게, 묘한 계획을 실행하기에 알맞은 형태로 만들었습니다.

의자는 아주 커다란 암체어라서 앉는 부분은 바닥에 거의 닿을 정도로 가죽이 덮여 있었고, 그 밖에 등받이나 팔걸이도 아주 두껍게 만들어져 있었습니다. 그래서 그 내부에 사람 하나가 숨어 있어도 절대 밖에서는 모를 만큼 하나로 연결된 큰 공간이 있습니다. 물론 내부에는 단단한 나무틀과 수많은 스프링이 설치되어 있지만, 저는 적당히 손을 봐서 사람이 앉는 부분에 무릎을 넣고 등받이 안에 머리와 몸통을 넣어 정확히 의자 모양으로 앉으면 그 안에 숨을 수 있는 여유 공간을 만든 것입니다.

그러한 세공은 제 특기라서 충분히 솜씨 좋고 편리하게 완성했습니다. 예를 들면 호흡을 하거나 외부의 소리를 듣기 위해서 가죽 일부에 밖에서는 전혀 모를 만한 틈을 낸다거나, 등받이 내부의 정확히 머리 옆 부분에 작은 선반을 만들어 무언가를 저장할 수 있게 하고 수통과 군대용 건빵을 가득 채웠습니다. 어떤 용도로 쓰려고 큰 고무주머니를 준비했고, 그 밖에 이래저래 고안하여 음식만 있으면 그 안에 2, 3일들어가 있어도 전혀 불편을 느끼지 않게 꾸며놓았습니다. 이를테면 그 의자가 한 사람의 방이 된 셈이지요.

저는 셔츠 한 장만 입고 밑바닥에 만든 출입구 뚜껑을 열어서 의자 속으로 쑥 숨어들었습니다. 참으로 이상야릇한 기분이었습니다. 캄캄하고 숨이 막히는 게 마치 무덤 속에 들어간 것 같은 이상한 느낌이 들었습니다. 생각해보면 영락없는 무덤입니다. 의자 안으로 들어가는 동시에 꼭 마법 망토라도 입은 듯이 여기 인간 세계에서 소멸해버리니까요.

머지않아 상회에서 심부름꾼이 네발 팔걸이의자를 받으러 큰 짐차를 갖고 왔습니다. 저의 제자(저는 그 남자와 단둘이 살고 있었습니다)가 아무것도 모른 채 심부름꾼을 응대했습니다. 차에 실을 때 한 인부가 "이건 왜 이렇게 무거워!" 하고 고함을 치는 바람에 의자 안에 있던 저는 그만 가슴이 철렁 내려앉았는데 원래 팔걸이의자 자체가 매우 무거워서 특별히 의심을 받지는 않았습니다. 이윽고 덜컹거리는 짐차의 움직임이 제 몸에까지 뭔가 묘한 감촉을 전해주었습니다.

무척 걱정했지만 결국 아무 일도 일어나지 않았고, 그날 오후에는 이미 제가 안에 들어간 팔걸이의자가 호텔의 어느 방에 떡하니 놓여 있었습니다. 나중에야 알았지만 그곳은 일본식 방이 아니라 사람을 만나거나 신문을 읽거나 담배를 피우려고 많은 사람들이 빈번히 드나드는 라운지 같은 방이었습니다.

벌써 눈치채셨겠지만, 저의 이 기묘한 행동의 제일 큰 목적은 사람이 없는 때를 기다려 의자 안에서 살짝 빠져나와 호텔 안을 돌아다니며 도둑질을 하는 것이었습니다. 의자 안에 사람이 숨어 있다는 그런 어처구니없는 상상을 누가 하겠습니까. 저는 그림자처럼 자유자재로 방과 방을 휩쓸고 다닐 수 있습니다. 그리고 사람들이 눈치를 채고 시끄러

위질 때쯤에는 의자 안의 은신처로 돌아가서 숨을 죽이고 그들의 멍청한 수색을 구경하고 있으면 됩니다. 당신은 바닷가 같은 곳에 '소라게'라는 게의 일종이 산다는 사실을 아시지요. 큰 거미 같은 모습을 하고 사람이 없으면 그 근처를 제 세상인 양 설치고 돌아다니는데, 조금이라도 사람 발소리가 나면 무서운 속도로 조개껍데기 속으로 도망칩니다. 그러고는 징그러운 털북숭이 앞다리를 슬쩍 조개껍데기 밖으로 내밀고 적의 동정을 살핍니다. 저는 영락없는 그 '소라게'였습니다. 조개껍데기 대신 의자라는 은신처를 가지고, 바닷가가 아니라 호텔 안을 제 세상처럼 설치고 다니지요.

그러니까 저의 이 엉뚱한 계획은 너무 엉뚱해서 오히려 사람들이 예상조차 못했기에 보기 좋게 성공했습니다. 호텔에 도착한 지 사흘째 되던 날에는 이미 크게 한탕 하고 난 뒤였습니다. 막상 도둑질을 할 때의 두려우면서도 흥분되는 마음, 깨끗이 성공했을 때의 뭐라 형용하기 어려운 희열, 그리고 사람들이 제 바로 코앞에서 저기로 달아났다 여기로 달아났다 하며 대소동을 피우는 모습을 빤히 보고 있는 묘한 느낌. 그것이 어찌나 희한한 매력으로 저를 즐겁게 했던지요.

하지만 저는 지금 유감스럽게도 그에 관해 자세히 말씀드릴 겨를이 없습니다. 저는 그곳에서 그런 도둑질 따위보다 열 배 스무 배 저를 기쁘게 만들어준 아주 기괴한 쾌락을 발견했습니다. 그리고 그에 관해 고백하는 일이 사실은 이 편지의 진짜 목적입니다.

이야기를 앞으로 되돌려서 제 의자가 호텔의 라운지에 놓였을 무렵의 일부터 시작해야겠습니다.

의자가 도착하자 호텔 주인 일행이 의자를 살펴보고 앉아보느라 한바탕 시끄럽다가 나중에는 쥐 죽은 듯 고요해졌습니다. 아마 방에는 아무도 없었겠죠. 그렇지만 너무 무서워서 도착하자마자 의자에서 나오기는 불가능했습니다. 저는 아주 긴 시간(그렇게 느꼈을 뿐인지도 모르겠지만) 작은 소리도 놓치지 않도록 온 신경을 귀에 집중해서 가만가만 주변 상황을 살폈습니다.

그렇게 한참이 지나고 아마 복도 쪽에서겠죠, 쿵쿵 하고 둔중한 발소리가 들려왔습니다. 그 소리가 4, 5미터 앞까지 다가오자 방에 깔린 카펫 때문에 거의 들리지 않을 정도로 작아졌습니다. 곧이어 어떤 남자의 매우 거친 숨소리가 들리고, 흠칫 놀라는 사이 서양인인 듯한 커다란 몸이 제 무릎 위에 털썩 내려앉더니 푹신푹신한 쿠션 위로 두세 번 튀어 올랐습니다. 저의 넓적다리와 그 남자의 크고 다부진 엉덩이는 얇은 다룸가죽 한 장을 사이에 두고 체온이 느껴질 만큼 밀착했습니다. 넓은 그의 어깨는 정확히 제 가슴에 기댔고 무거운 양손은 가죽을 사이에 두고 저의 손과 겹쳐졌습니다. 그리고 남자는 시가를 피우는지 남성적이고 진한 향이 가죽 틈새로 들어왔습니다.

부인, 당신이 제가 있는 곳에 있다고 생각하고 그 장면을 상상해보십시오. 이 무슨 이상야릇한 정경인지요. 저는 너무 두려워서 어두컴컴한 의자 속에서 뻣뻣하게 몸을 움츠리고 겨드랑이 아래에서는 차가운 땀을 줄줄 흘리며 사고력도 뭣도 다 잃어버린 채 그저 멍하게 있었습니다.

그 남자를 시작으로 그날 하루 동안 제 무릎 위에는 다양한 사람이 돌아가며 앉았습니다. 아무도 제가 그곳에 있다는 걸—그들이 푹신한 쿠션이라고 믿은 것이 사실은 피가 통하는 제 넓적다리라는 사실을—전혀 깨닫지 못했습니다.

칠흑같이 캄캄하고 몸을 움직일 수도 없는 가죽 안 세상. 그것은 불가사의하게도 얼마나 매력 있는 세계인지요. 그곳에서는 사람이라는 존재가 평상시 눈으로 보는 것과는 전혀 다른 불가사의한 생물로 느껴집니다. 그들은 목소리와 콧김과 발소리와 옷이 스치는 소리, 그리고 군데군데 포동포동한 탄력을 가진 육체에 지나지 않습니다. 저는 그들 한 사람 한 사람을 외모 대신 피부로 전해지는 느낌으로 식별할 수 있습니다. 어떤 사람은 뒤룩뒤룩 살이 쪄서 썩은 술안주 같은 감촉을 줍니다. 정반대로 어떤 사람은 딱딱하게 말라비틀어져서 해골 같은 느낌이 납니다. 그 밖에 등뼈의 구부러진 모양이나 어깨뼈의 열린 정도, 팔 길이, 넓적다리의 살집, 혹은 꼬리뼈의 길고 짧음 등을 종합해보면 키와 몸집이 아무리 닮은 사람이라도 어딘가 다른 데가 있습니다. 사람이라는 것은 외모나 지문이 아니라 이런 몸 전체의 감촉으로도 충분히 식별 가능한 것입니다.

이성에 관해서도 마찬가지입니다. 보통은 주로 외모의 미추에 따라 이성을 판단하겠지만, 이 의자 안 세계에서 그런 것은 전혀 문제가 아닙니다. 그곳에는 알몸과 목소리와 냄새가 있을 뿐입니다.

부인, 노골적인 저의 표현에 부디 기분 나빠하지 말아주십시오. 저는 그곳에서 한 여성의 육체에(그녀는 제 의자에 앉은 최초의 여성이었습니다) 강한 애착을 느꼈습니다.

목소리로 상상해보니 여성은 아직 젊디젊은 외국 아가씨였습니다. 마침 그때 방 안에는 아무도 없었는데, 그녀는 무슨 기분 좋은 일이라도 있었는지 작은 소리로 신기한 노래를 부르면서 춤추는 듯한 발걸음으로 방에 들어왔습니다. 그리고 제가 숨어 있는 팔걸이의자 앞까지 왔나 싶더니, 갑자기 풍만하지만 매우 부드러운 육체를 제 위로 내던졌습니다. 게다가 그녀는 뭐가 우스운지 돌연 아하하 웃기 시작하더니 손발을 버둥거리며 그물 안 물고기처럼 펄떡펄떡 뛰었습니다.

그때부터 거의 반 시간이나 그녀는 제 무릎 위에서 가끔 노래를 부르며 그 노래에 박자를 맞추기라도 하듯 흔들흔들 무거운 몸을 움직였습니다.

이것은 정말로 저로서는 전혀 예기치 못한 경악스러운 대사건이었습니다. 여자는 신성한 존재, 아니 오히려 무서운 존재라고 여겨 얼굴을 보는 것조차 피하던 저입니다. 그런 제가 지금 본 적도 없는 외국 아가씨와 같은 방 같은 의자에서, 그뿐입니까, 얇은 다룸가죽 한 겹을 사이에 두고 피부의 온기가 느껴질 만큼 밀착해 있는 것입니다. 그런데도 그녀는 아무런 불안도 없이 온몸의 무게를 제 위에 맡긴 채 남의 시선을 의식하지 않고 스스럼없이 행동하고 있습니다. 저는 의자 안에서 그녀를 껴안는 시늉도 할 수 있습니다. 가죽 뒤에서 그 풍만한 목덜미에 입을 맞출 수도 있습니다. 그 밖에 무슨 행동을 하든 자유자재입니다.

이런 놀라운 발견을 한 뒤로 저는 처음 목적이었던 도둑질 따위는 미뤄두고 오직 그 불가사의한 감촉의 세계에 탐닉하고 말았습니다. 저는 생각했습니다. 이것이야말로, 이 의자 안 세계야말로 제게 주어진 진짜 거처가 아닐까 하고 말입니다. 저처럼 못생기고 소심한 남자는 밝은 광명의 세계에서는 언제나 열등감을 느끼며 수치스럽고 비참한 생활을 하는 것 말고는 재주가 없는 몸입니다. 그런데 사는 세계를 바꾸어 이렇게 의자 안에서 갑갑함을 견디는 것만으로, 밝은 세계에서는 말을 하는 것은 물론 곁에 다가가는 것조차 허락되지 않았던 아름다운 사람에게 접근하여 목소리를 듣고 피부를 만질 수도 있습니다.

의자 안의 사랑(!)이 얼마나 신비롭고 도취적인 매력을 가졌는지 실제로 의자 안에 들어와본 사람이 아니면 알 수가 없습니다. 그것은 오직 촉각과 청각, 그리고 약간의 후각만으로 하는 사랑입니다. 암흑 세계의 사랑입니다. 결코 이 세상 것은 아닙니다. 이것이야말로 악마의 나라의 애욕이 아니겠습니까. 생각해보면 사람들 눈에 띄지 않는 이 세상 구석구석에서 얼마나 괴이하고 무시무시한 일이 일어나고 있을지 정말 상상조차 못하겠습니다.

물론 처음 예정대로라면 도둑질이라는 목적만 완수하면 곧장 호텔에서 도망칠 생각이었지만, 세상에 둘도 없는 기괴한 희열에 빠져버린 저는 도망치기는커녕 의자 안에서 영원히 살 마음으로 그 생활을 이어 갔습니다.

매일 밤 외출 시간에는 주의에 주의를 기울여 조금도 소리를 내지 않고 움직이며 사람들 눈에 띄지 않도록 했기 때문에 당연히 위험한 일도 없었지만, 그렇다고 해도 몇 개월이라는 긴 시간 동안 그렇게 한 번도 발각되지 않고 의자 안에서 생활했다니 제가 생각해도 실로 놀라운 일이었습니다.

거의 하루 종일 갑갑한 의자 안에서 팔을 구부리고 무릎을 접고 있던 탓에 온몸이 마비된 것처럼 저려 똑바로 일어설 수 없었으므로 나중에는 주방이나 화장실에 다녀올 때도 앉은뱅이처럼 기어 다녔을 정도입니다. 저란 남자는 얼마나 미치광이인지요. 그런 고통을 감내하면서도 불가사의한 감촉의 세계를 내팽개칠 마음이 들지 않았으니 말입니다.

개중에는 한두 달씩 그곳에서 살다시피 묵는 사람도 있었지만, 원래 호텔인 만큼 끊임없이 손님이 드나들었습니다. 따라서 저의 기묘한 사랑도 때에 따라 상대가 바뀔 수밖에 없었습니다. 그리고 그 수많은 신비한 연인들에 관한 기억은 보통의 경우처럼 외모에 따라서가 아니라 주로 몸의 형태에 따라 제 마음속에 새겨져 있습니다.

어떤 사람은 조랑말처럼 날렵하고 늘씬한 육체를 가졌고, 어떤 사람은 뱀처럼 요염해서 꿈틀꿈틀 자유롭게 움직이는 육체를 가졌으며, 어느 사람은 고무공처럼 뒤룩뒤룩 살이 쪄서 지방과 탄력이 넘치는 육체를 가졌고, 또 어느 사람은 그리스 조각처럼 다부지고 힘이 넘치게 잘 발달된 육체를 가졌습니다. 그 밖에도 여자의 육체는 전부 한 사람 한 사람 각각의 특징이 있고 매력이 있었습니다.

그렇게 여자를 바꿔가는 도중에 저는 또 다른 기묘한 경험을 했습니다.

그중 하나는 언젠가 유럽 어느 강국의 대사(일본인 웨이터들끼리 속닥이는 얘기를 듣고 알았습니다만)가 그 커다란 몸을 제 무릎 위에 얹었던 일입니다. 그는 정치인보다도 세계적인 시인으로 더 유명한 사람이었는데, 그래서 저는 그 위인의 피부를 느꼈다는 사실이 가슴 두근거리게 자랑스러웠습니다. 그는 제 위에서 두세 명의 같은 나라 사람들과 10분 정도 이야기를 나누고는 그대로 떠나버렸습니다. 물론 무슨 이야기를 하는지 전혀 알 수 없었지만, 제스처를 할 때마다 꿈틀꿈틀 움직이는, 보통 사람보다 따뜻했던 육체의 간질이는 듯한 감촉이 제게 뭐라 형언할 수 없는 자극을 주었습니다.

그때 저는 문득 이런 상상을 했습니다. 만약에! 여기 가죽 뒤에서 날카로운 칼로 그의 심장을 한 번 푹 찌른다면 어떤 결과를 일으킬까. 물론 그는 다시는 일어나지 못할 치명상을 입을 것입니다. 그의 본국은 말할 것도 없고 일본의 정치계는 그 때문에 어떤 대소동을 피울까. 신문은 어떤 격앙된 기사를 실을까. 그것은 일본과 그의 본국의 외교 관계에도 큰 영향을 줄 것이며, 또 예술 면에서 봐도 그의 죽음은 세계적으로 막대한 손실임에 틀림없다. 그런 대사건이 나의 손놀림 한 번에 간단히 실현되는 것이다. 그렇게 생각하자 묘한 뿌듯함이 밀려왔습니다.

또 하나는 어느 나라의 유명한 여자 댄서가 일본을 방문했다가 우연히 그 호텔에 숙박하며 단 한 번이지만 제 의자에 앉았던 일입니다. 그때도 저는 대사 때와 비슷한 감명을 받았는데, 그뿐 아니라 그녀는 제게 그때까지 경험해본 적 없는 이상적인 육체미의 감촉을 전해주었습니다. 저는 그 아름다움에 압도되어 천박한 생각 따위는 할 틈도 없이, 그저 예술품을 대할 때와 같은 경건한 마음으로 그녀를 찬미했습니다.

그 밖에도 저는 여러 가지 희귀하고 불가사의한, 혹은 꺼림칙한 수많은 경험을 했는데, 그것들을 여기에 자세히 서술하는 건 이 편지의 목적이 아닐뿐더러 벌써 꽤 길어졌기 때문에 어서 중요한 이야기로 들어가겠습니다.

그러니까 제가 호텔에 간 지 몇 개월 뒤 제 신상에 하나의 변화가 생겼습니다. 그것으로 말씀드리자면 호텔 경영자가 무슨 사정으로 귀국하게 되어 설비를 포함한 호텔 전반을 어느 일본인 회사에 넘긴 것입니다. 그러자 일본인 회사는 지금까지의 호화로운 영업 방침을 쇄신해 좀더 일반인을 겨냥한 여관으로 바꾸기 위한 경영을 꾀하게 되었습니다. 그 때문에 필요가 없어진 집기 등을 어느 큰 가구상에 위탁하여 경매에 부쳤는데, 그 경매 목록에 제 의자도 들어 있었습니다.

저는 그 사실을 알고 한때는 실망을 금치 못했습니다. 그리고 그것을 계기로 다시 한번 속세로 돌아가 새로운 생활을 시작할까 생각하기도 했습니다. 그 무렵에는 도둑질로 모아둔 돈이 상당했던지라 설사 세상에 나가도 이전처럼 비참한 생활을 하지 않아도 되었습니다. 그런데 또다시 생각해보니 외국인 호텔을 나온 건 한편으로는 아주 실망스러웠지만, 다른 한편으로는 하나의 새로운 희망을 의미했습니다. 그 이유인즉 저는 몇 개월 동안이나 그렇게 다양한 이성을 사랑했지만, 상대가 모두 외국인이었던 탓에 그 사람이 아무리 훌륭하고 탁월한 육체의 소유자라고 해도 정신적으로 묘한 부족함을 느끼고 있었던 것입니다. 역시 일본인은 같은 일본인이 아니면 진정한 사랑을 느끼지 못하는 게 아닐까요. 점점 그런 생각이 들었습니다. 그런 때에 마침 제 의자가 경매에 나온 것입니다. 이번에는 어쩌면 일본인이 살지도 몰라. 그리고 일본인의 가정에 놓일지도 모르지. 그것이 제 새로운 희망이었습니다. 저는 어쨌든 좀더 의자 안 생활을 지속해보기로 했습니다.

집기상 앞에 놓여 있던 2, 3일 동안 몹시 괴로웠지만, 경매가 시작되자 운 좋게도 제 의자는 바로 살 사람이 정해졌습니다. 낡긴 했지만 충분히 눈길을 끄는 훌륭한 의자였기 때문이겠지요.

의자를 산 사람은 Y시에서 그리 멀지 않은 대도시에 사는 어느 공무원이었습니다. 집기상 앞에서 그 사람의 저택까지 몇 킬로미터 길을 덜컹거리는 트럭으로 옮겨졌을 때는 의자 안에서 죽을 만큼 고통스러웠지만, 의자를 산 사람이 저의 바람대로 일본인이었다는 기쁨에 비하면 그런 건 아무것도 아닙니다.

의자를 산 공무원은 아주 멋진 저택의 소유자로 제 의자는 그곳 서양식 건물의 넓은 서재에 놓였는데, 제게 아주 만족스러웠던 점은 그 서재를 주인보다는 오히려 그 집의 젊고 아름다운 부인이 주로 사용한다는 것이었습니다. 그 이후로 약 한 달 동안 저는 늘 부인과 함께 있었습니다. 식사와 취침 시간을 빼면 부인의 부드러운 몸은 항상 제 위에 있었습니다. 그도 그럴 것이 부인은 그동안 서재에 틀어박혀 어떤 집필에 몰두하고 있었기 때문입니다.

제가 얼마나 그녀를 사랑했는지는 여기에 길게 설명할 것도 없습니다. 그녀는 제가 접한 첫 일본인일 뿐 아니라 충분히 아름다운 육체의 소유자였습니다. 저는 그녀에게 처음으로 진짜 사랑을 느꼈습니다. 그에 비하면 호텔에서의 수많은 경험은 결코 사랑이라는 이름을 붙일 만한 것이 못 됩니다. 그 증거로 지금까지 한 번도 그런 마음이 든 적이 없었는데, 그 부인에게만큼은 그저 비밀스러운 애무를 즐기는 것만으로는 만족스럽지 않아서 어떻게든 제 존재를 알리려고 여러 가지로 고심한 것만 봐도 분명하지요.

저는 가능하면 부인 쪽에서도 의자 안의 저를 의식해주었으면 했습니다. 그리고 뻔뻔스러운 얘기지만, 저를 사랑해주었으면 했습니다. 하지만 어떻게 그 신호를 보내면 좋을까요. 만약 그곳에 사람이 숨어 있다는 사실을 내놓고 알린다면 그녀는 분명 깜짝 놀라서 남편이며 하인들에게 그 사실을 알릴 것입니다. 그렇게 되면 모든 일이 수포로 돌아갈 뿐 아니라 저는 무거운 죄명을 쓰고 법률상의 형벌까지 받아야 합니다.

그래서 저는 적어도 부인이 제 의자를 더할 나위 없이 편하게 느끼도록 해서 의자에 애착을 가지게 만들려고 노력했습니다. 예술가인 그녀는 분명 보통 사람 이상의 미묘한 감각을 가지고 있을 터입니다. 만약 그녀가 제 의자에서 생명을 느껴준다면, 단순히 물건으로서가 아니라 하나의 살아 있는 존재로서 애착을 느껴준다면 그것만으로도 저는 충분히 만족할 것입니다.

저는 그녀가 제 위로 몸을 던질 때마다 최대한 푹신하고 부드럽게 받아들이도록 신경 썼습니다. 그녀가 제 위에서 지쳐 있을 때면 눈치채지 못할 정도로 살살 무릎을 움직여서 그녀의 몸 위치를 바꾸었습니다.

그녀가 깜빡깜빡 졸기 시작하면 저는 아주아주 미세하게 무릎을 흔들어 요람 역할을 했습니다.

그 배려에 대한 보답인지 아니면 단순히 저의 착각인지 최근 들어 부인은 어쩐지 제 의자를 사랑하는 듯 보였습니다. 그녀는 꼭 갓난아이가 어머니 품에 안길 때처럼 혹은 아가씨가 연인의 포옹에 응할 때처럼 달콤하고 상냥하게 제 의자에 몸을 파묻었습니다. 그리고 제 무릎 위에서 몸을 움직이는 모습도 더할 나위 없이 정답게 보였습니다.

이렇게 해서 저의 정열은 날로 거세게 불타올랐습니다. 그리고 드디어 아아, 부인, 드디어 저는 분수도 모르고 당치 않은 바람을 품게 되었습니다. 단 한 번이라도 제 연인의 얼굴을 보고 이야기를 나눌 수 있다면 그대로 죽어도 좋다고까지 생각했습니다.

부인, 물론 당신은 벌써 깨달으셨겠지요. 제 연인이라고 부른 큰 실례를 용서해주십시오. 실은 당신입니다. 당신의 남편이 Y시의 집기상에서 제 의자를 사신 이후로 저는 당신에게 이룰 수 없는 사랑을 바쳐온 불쌍한 남자입니다.

부인, 평생의 소원입니다. 단 한 번이라도 저를 만나주시지 않겠습니까. 그리고 한마디라도 이 불쌍하고 못생긴 남자에게 위로의 말을 건네주시지 않겠습니까. 저는 결코 그 이상을 바라지 않습니다. 더 바라기에는 너무 추하고 타락한 저입니다. 부디 바라옵건대 세상에서 가장 불행한 남자의 간절한 소원을 들어주십시오.

저는 어젯밤 이 편지를 쓰기 위해 저택에서 도망쳐 나왔습니다. 얼굴을 마주하고 부인께 이런 부탁을 드리는 건 너무 위험하기도 하고, 도저히 그럴 수는 없었습니다.

그리고 당신이 이 편지를 읽고 계시는 지금 저는 걱정스러워서 얼굴이 파랗게 질린 채 저택 주변을 돌아다니고 있습니다.

만일 참으로 무례한 이 부탁을 들어주신다면 부디 서재 창문의 패랭이꽃 화분에 당신의 손수건을 걸어주십시오. 그걸 신호로 저는 태연하게 한 사람의 방문자로서 저택 현관으로 찾아가겠습니다.

이 기묘한 편지는 어떤 열렬한 기원의 말로 끝났다.

요시코는 편지를 반쯤 읽었을 때 이미 무서운 예감 탓에 새파랗게 질리고 말았다.

그리고 무의식적으로 자리에서 일어나 불길한 팔걸이의자가 놓인 서재에서 도망쳐 일본식 건물의 거실로 왔다. 편지의 뒷부분은 차라리 읽지 않고 찢어버릴까 생각했지만, 아무래도 떨떠름해서 거실의 작은 책상에서 어쨌든 계속해서 읽었다.

그녀의 예감은 역시 맞아떨어졌다.

이럴 수가, 이 무슨 무시무시한 일인가. 그녀가 매일 앉아온 그 팔걸이의자 안에 본 적도 없는 한 남자가 들어 있었단 말인가.

"아아, 꺼림칙해!"

그녀는 등에 냉수를 끼얹은 듯한 오한을 느꼈다. 그리고 시간이 지나도 이상한 몸 떨림이 멈추지 않았다.

그녀는 큰 충격으로 멍해져서 이 일을 어떻게 조치해야 할지 짐작조차 가지 않았다. 의자를 수색(?)해볼까, 어찌 그런 끔찍한 일을 할 수 있을까. 그곳에는 비록 이제는 아무도 없지만 음식이며 그 밖에 그 사람이 사용한 불결한 물건들이 남아 있을 것이 틀림없다.

"부인, 편지입니다."

깜짝 놀라서 뒤돌아보니 하녀 하나가 방금 도착한 듯한 편지를 들고 있었다.

요시코는 무의식적으로 그것을 받아 들고는 열어보려다가 문득 겉에 적힌 글을 보고 저도 모르게 편지를 떨어뜨릴 정도로 큰 충격을 받았다. 거기에는 아까 그 불길한 편지와 조금도 다르지 않은 필체로 그녀의 이름이 적혀 있었던 것이다.

그녀는 오랫동안 그것을 열지 말지 망설였다. 하지만 결국 마지막에는 봉투를 찢어 벌벌 떨면서 내용을 읽어나갔다. 편지는 아주 짧았지만 거기에는 그녀를 다시 한번 깜짝 놀라게 만든 기묘한 글귀가 쓰여 있었다.

갑작스레 편지를 보내는 무례를 거듭거듭 용서하여주십시오. 저는 평소 선생님 작품의 애독자입니다. 따로 보낸 편지는 저의 변변찮은 창작물입니다. 한번 읽어보시고 평가해주시면 더없는 영광이겠습니다. 어떤 이유가 있어 이 편지를 쓰기 전에 원고는 우체통에 넣었으니 이미 읽으셨으리라 짐작합니다. 어떠셨나요? 만일 제 졸작이 조금이라도 선생님께 감명을 주었다면 그만한 기쁨은 없을 것입니다.

원고에는 일부러 생략했는데 표제는 '인간 의자'라고 붙일 생각입니다.

그럼, 실례를 무릅쓰고 부탁드립니다. 총총.

이 세상은 꿈, 밤에 꾸는 꿈이야말로 진실

에도가와 란포는 어떤 작가인가

에도가와 란포(江戶川亂步, 1894~1965)는 서양 추리소설의 수동적 수용에서 벗어나 일본인에 의한 독자적인 추리소설 창작이라는 새로운 지평을 열어 일본 추리소설의 초석을 다진 작가로 평가된다.

일본 미에(三重)현에서 태어난 란포의 본명은 히라이 다로(平井太郎)이다. 소설을 좋아했던 란포의 어머니는 란포가 어렸을 때부터 신문에 실린 해외 추리소설들을 자주 읽어주었다. 이때부터 란포는 추리소설에 흥미를 가지기 시작했다. 그 뒤에도 이와야 사자나미(巖谷小波), 오시카와 슌로(押川春浪), 기구치 유호(菊池幽芳), 구로이와 루이코(黑岩淚香) 등이 쓴 대중적이고 오락적인 추리소설을 즐겨 읽었다. 특히 수많은 해외 소설의 번안물을 발표한 구로이와 루이코의 작품을 애독했다. 나고야(名古屋)에 있는 제5중학교를 졸업한 뒤 와세다(早稻田)대학 정치경제학부에 입학한 란포는 재학 중에 에드거 앨런 포Edgar Allan Poe, 아서 코

년 도일Arthur Conan Doyle, 모리스 르블랑Maurice Leblanc 등이 쓴 작품을 접하며 추리소설에 더욱 빠져들었다. 특히 대학교 2학년 때 미국 추리소설의 거장 에드거 앨런 포의 작품을 읽고 큰 충격을 받았다. 논리적으로 빈틈없이 짜인 단편소설의 묘미를 처음 알았던 것이다. 그때까지 읽었던 번안 추리소설들의 통속소설적인 성격과는 확연히 다른 이지적인 분위기에 매료되었다. 에드거 앨런 포의 이름에서 착안해 자신의 필명을 에도가와 란포로 지을 만큼 포와의 만남은 란포에게 운명적이었으며 이후 그의 작품에도 큰 영향을 주었다.

대학을 졸업한 뒤에도 란포는 곧바로 창작에 몰두하지 못했다. 어려운 경제 사정 탓에 무역회사, 조선소, 헌책방, 신문사 등 여러 곳을 전전하며 일을 해야 했다. 하지만 늘 마음속으로는 작가의 꿈을 꾸고 있었기에 어느 한곳에 정착하기가 어려웠다. 중간중간 일자리를 잃고 실직 상태에 놓일 때마다 떠돌이처럼 방황하며 각지로 여행을 다니기도 했다. 그러다 1923년 암호 해독을 소재로 한 단편소설 「2전짜리 동전(二錢銅貨)」을 문예지 『신세이넨(新靑年)』에 발표하면서 본격적으로 문단에 데뷔했다. 다음 해 당시 근무하던 오사카 매일신문사(大阪毎日新聞社)를 그만두고 전업 작가의 길로 들어섰다.

란포는 작품 활동 초기에 서양 추리소설로부터 많은 영향을 받은 본격탐정소설(작품 중에 나타난 실마리를 가지고 탐정이 사건을 해결하는 형태의 추리소설을 뜻하며, 제2차 세계대전 이전까지는 추리소설이 아니라 탐정소설이라는 명칭이 일반적이었다)을 주로 집필했다. 탐정이 수수께끼를 풀며 살인 사건의 범인을 수사하는 내용의 「D언덕의 살인 사건」과 「심리 시험」 등이 이 시기에 발표된 란포의 대표적인 본격탐정소설이다. 이후 발표한 「파노라마섬 기담」은 본격탐정소설의 특징인 탐정이

등장하기는 하지만, 그 비중이 앞선 작품에 비해 미미할 뿐 아니라 논리적 전개보다는 오싹하고 기괴한 분위기를 강조한 작품이다. 이는 란포의 작풍 변화를 예고한 것이었다.

란포는 본격적인 창작에 한계를 느끼고 1927년에 첫 휴필 선언을 한다. 작가로 데뷔한 지 3, 4년이 흘렀을 때라 작가로서 입지를 다지는 게 무엇보다 중요한 시기였지만 장편소설 집필에 어려움을 겪는 등 창작 슬럼프에 빠져 긴 방랑 여행길에 올랐다. 1928년에 복귀했을 때는 변격탐정소설(사건 해결보다는 오싹한 분위기, 모험, 범죄, SF 등 주변적 요소를 강조하는 추리소설) 작가로 전향한다. 복귀 후 처음으로 발표한 작품은 변태적인 성욕을 소재로 한「음울한 짐승(陰獸)」이었다. 이 작품은 게재된 잡지『신세이넨』을 증쇄할 정도로 큰 인기를 끌었다. 그 후에도 광적인 살인마가 등장하는『거미남(蜘蛛男)』등 잔혹함과 그로테스크한 분위기를 내세운 작품을 속속 발표한다.

1935년 무렵부터는 평론가로 널리 활약하기 시작했다. 평론가로서 『수필탐정소설』『환영성(幻影城)』『해외 탐정소설 작가와 작품』등을 출간하며 뛰어난 평론 능력과 통찰력을 드러냈다.

란포는 단지 집필뿐 아니라 추리소설의 발전과 보급을 위한 외부 활동에도 적극적이었다. 추리소설 잡지의 편집과 경영에 참여하기도 했고, 일본탐정작가클럽(현 일본추리작가협회)의 창립에 중심적인 역할을 하며 초대 이사장을 역임했다. 이 협회에서 1954년 제정한 에도가와 란포상은 지금까지도 일본 추리소설계에서 가장 권위 있는 상으로서 추리작가의 등용문이 되고 있다.

「파노라마섬 기담」에 관하여

「파노라마섬 기담」은 1926년에서 1927년에 걸쳐 문예지 『신세이넨』에 연재된 에도가와 란포의 대표작으로, 1923년에 데뷔한 작가의 초기 작품에 속한다. 정통적인 추리소설의 맥을 잇는 동시에 그만의 독창성을 가미하여 고유의 작품 세계를 구축하던 무렵의 작품이라는 점에서 중요한 의의를 가진다. 앞서 란포가 휴필을 기점으로 본격탐정소설 작가에서 변격탐정소설 작가로 전향했다고 밝혔는데, 이 작품은 그 휴필 직전에 쓴 작품으로서 둘 사이의 과도기적 성격을 지닌다.

거친 바다에 고립되어 무인도나 마찬가지인 '먼바다섬'에 몽상가 히토미 히로스케(人見廣介)가 자신의 이상향을 실현한 파노라마를 건설한다는 이 작품은 재미있게도 전체적인 구조 역시 마치 독자가 파노라마관으로 들어가 환상 세계를 접하는 과정을 연상시킨다. 파노라마란 건물 안에 실제로 보는 듯한 느낌을 주는 사실적 그림을 설치한 구경거리이다. 건물로 들어가 좁고 캄캄한 통로를 지나면 갑자기 시야가 트이고 별세계가 펼쳐진다.

조금 전까지 발을 디디고 있던 현실 세계와 다른 세상으로 향하는 통로, 거길 지나면 펼쳐지는 불가사의한 세계. 파노라마의 3요소라 할 수 있는 이 세 가지는 각각 작가 에도가와 란포의 현실, 작품의 서술 방식, 소설 속에서 히토미 히로스케가 그려낸 이상향 세계와 연결 지어 생각할 수 있다.

란포는 이 작품을 풀어가는 데 '기담(綺譚)'이라는 형태를 취했다. 제목에서도 알 수 있듯이 이 작품은 파노라마섬에서 일어난 기이한 이야기를 누군가가 들려주는 방식으로 진행된다. 이 점은 이야기가 비록 현실과 닮아 있지 않더라도 독자가 별다른 거부감 없이 수용할 수 있게 하는 장치이기도 하다. 작품은 신원을 밝히지 않는 화자의 서술로 이루어지는데, 화자 역시 이야기를 직접 보고 들은 사람은 아니다. 옛날부터 전해지는 하나의 이야기를 소개해주는 이에 지나지 않는다. 이런 모호함은 건물 안으로 들어가 기이한 파노라마를 마주하기 전 우선 관람객의 머릿속을 마비시키는 통로 역할을 한다. 좁고 어두운 통로를 지난 다음 바라보는 광막한 파노라마 세계는 더욱 황홀하고 충격적이기 마련이다.

파노라마관으로 들어가는 통로 역할을 하는 또 하나는 히토미 히로스케가 소문난 부자이자 자신과 쌍둥이처럼 닮은 대학 동기인 고모다 겐자부로(菰田源三郎)로 위장하는 과정이다. 평범한 사람의 신경이 마비되고 양심은 먹통이 된 채 마치 로봇처럼 움직이며 범죄를 저지르는 히로스케를 볼 때 독자는 비상식적이고 광적인 인물이 불러일으키는 불안을 감지한다. 온갖 위기를 헤치고 마침내 히로스케는 모든 과정을 성공적으로 수행해 고모다 겐자부로로 탈바꿈하는 데 성공한다. 그때 느끼는 독자의 기묘한 안도감과 앞으로 펼쳐질 일에 대한 기대감은 파노라마관의 통로를 지나며 느끼는 두근거림과 비슷하다.

히토미 히로스케는 원래 찢어지게 가난한 삼류 작가였다. 값싼 번역 일을 하청받아 하거나 성인소설 따위를 쓰며 하루하루 입에 풀칠을 했다. 하지만 터무니없는 몽상을 품고 사는 남자였기에 그의 머릿속에는 언제나 원대한 이상향이 가득 차 있었다. 여느 예술가가 예술로써 자신의 창작욕을 분출하는 것과 달리, 히로스케는 지독한 현실주의자였기에 문자 놀음 같은 것으로는 만족하지 못했다. 해소되지 않은 욕망은 결국 비뚤어진 이상향을 만들어냈고 급기야 그것을 실현하는 비극을 초래했다.

작품에 그려진 파노라마 세계는 끔찍함 그 자체이다. 자연을 깡그리 무시하고 비정상적 취향을 가미해 온갖 인공적 기교를 부려놓은 공간이다. 용도를 무시하고 대소를 뒤집은 철제 기계의 나열, 맹수와 독사로 가득한 동산, 숨 막히는 향기와 인간 세계의 수치를 잊어버린 나체 남녀, 그리고 섬 중앙에서 내려다보는 또 하나의 거대한 파노라마 풍경까지. 이 세계에 발을 들여놓은 사람은 한동안 망연히 서 있을 수밖에 없다. 밤낮을 가리지 않는 광기와 음탕함, 난무와 도취의 환락경, 생사의 유희는 독자의 현실 감각마저 마비시키고 만다.

이 작품을 집필할 때 란포는 에드거 앨런 포의 환상소설 「아른하임의 영토」나 「랜더의 별장」를 염두에 두었으나, 연재 당시에는 파노라마섬의 묘사가 지루해서인지 큰 호평을 받지 못했다고 한다. 그만큼 파노라마섬의 묘사는 언제 끝이 날까 애가 탈 만큼 끈덕지게 이어진다.

앞서 살펴봤듯이 란포는 작가로 데뷔하기 전 생활고를 겪으며 여러 직업을 전전했고, 데뷔 후에도 창작의 고통을 못 이겨 수차례 휴필과 방랑을 반복했다. 소설 속에서 찢어지게 가난한 작가이며 농염한 이상향 묘사로만 가득 차 있다는 이유로 작품이 퇴짜를 맞기 일쑤였던 히토미 히로스케는 이런 란포와 여러모로 닮아 있다. 또한 30대로 묘사되는 히토미 히로스케와, 이 작품을 집필하던 당시 32세 무렵이었던 란포의 나이도 비슷하게 겹친다. 결국 히토미 히로스케는 에도가와 란포 자신이며, 먼바다섬 위에서 벌어진 모든 창작은 란포가 실제로 꿈꿨던 이상향이 아니었을까. 란포의 좌우명은 '이 세상은 꿈, 밤에 꾸는 꿈이야말로 진실'이었다.

「인간 의자」에 관하여

「인간 의자」는 에도가와 란포가 1925년 문예지 『구라쿠(苦樂)』에 발표한 작품으로, 논리적인 해결책보다는 사건이나 장면이 주는 오싹한 분위기를 강조한다는 특징이 있다. 이 작품에서는 특히 선정성이라는 작가의 취향이 두드러진다.

작품은 일면식도 없는 남자에게서 온 한 통의 두툼한 편지로 시작된다. 편지는 다짜고짜 '부인' 하고 부르는 말로 시작하여 자신이 저지른 끔찍한 죄를 고백하겠다는 내용으로 이어진다. 아름다운 작가 요시코는 지금까지 수많은 팬레터를 받아왔지만 이처럼 갑작스럽고 무례한 편지는 처음이다. 태어날 때부터 지독히 못생긴 외모의 소유자라고 밝힌 편지의 발신자는 자신이 의자를 만드는 직공이며, 못된 계략을 품고 자신이 만든 의자 속에 들어가 어느 호텔로 숨어들어 도둑질을 했음을 고백한다. 그런데 어느 날 자신이 들어 있는 의자 위에 앉은 여인에게 이성으로서의 사랑을 느끼고 그때부터 대상을 바꾸어가며 '숨은 애인'으로서 은밀한 사랑을 즐긴다. 바깥세상에서는 자기를 거들떠보지도 않는 여자들이 의자 위에서는 아무것도 모른 채 자신에게 몸을 내맡긴다는 사실에 고무되어 의자 안에서 여자를 껴안는 시늉을 하기도 하고 목덜미에 입을 맞추기도 한다. 그 뒤 의자는 호텔에서 어느 고위 공무원의 저택으로 옮겨지고, 거기에서 편지의 수신자 요시코를 만나 더욱 열렬한 사랑의 감정을 느낀다. 요시코가 의자에 앉을 때마다 최대한 푹신하고 부드럽게 받아들이도록 신경을 쓰는 것은 물론, 피곤해할 때면 눈치채지 못할 정도로 살살 무릎을 움직여 몸의 위치를 바꾸기도 하고, 졸기 시작하면 미세하게 무릎을 흔들어 요람 역할을 하기도 한다. 이런 변태적인 애욕은 마침내 요시코가 자신의 존재를 알아주었으면 하는 바람을 품게 만든다.

편지라는 형식이 유발하는 호기심과 그 편지에 담긴 기이하고 소름 끼치는 내용은 엄청난 흡인력으로 독자를 단숨에 결말까지 내달리게 만든다. 그리고 첫번째 편지를 다 읽었을 때 도착한 두번째 편지. 편지와 함께 도달한 결말은 또 한 번 독자에게 충격을 준다.

빠르게 전개되는 기묘한 이야기와 마지막에 숨어 있는 반전, 그리고 꺼림칙한 결말까지, 이 작품은 짧은 시간 동안 독자에게 다채로운 감정을 안겨준다. 만약 발신자의 말대로 편지의 내용이 꾸며낸 이야기라서 애초부터 의자에 사람 따위 들어가 있지 않았다면, 소설 속 원고가 실제로도 훌륭한 창작물이라는 반증일 것이다.

작가 연보

1894 일본 미에(三重)현 나가(名賀)군에서 나가군청 서기인 아버지 히라이 시게오(平井繁男)와 어머니 기쿠의 장남으로 태어남. 본명은 히라이 다로(平井太郎).

1913 와세다(早稻田)대학 정치경제학부 입학.

1916 무역상사 가토(加藤)양행에서 근무.

1917 스즈키(鈴木)상점 도바(鳥羽)조선소 전기부에서 근무.

1919 헌책방 산닌쇼보(三人書房)를 경영하기 시작. 잡지 『도쿄팩』 편집에 참여.

1923 문예지 『신세이넨(新青年)』에 단편 「2전짜리 동전」을 발표하며 작가로 데뷔.

1925 『신세이넨』에 「D언덕의 살인 사건」 「심리 시험」 「천장 위의 산책자」 「빨간 방」 등 발표. 문예지 『구라쿠(苦樂)』에 「인간 의자」 「몽유병자의 죽음」 등 발표.

1926 『신세이넨』에 중편 「파노라마섬 기담」 발표. 문예지 『다이슈분게이(大衆文藝)』에 「거울 지옥」 발표. 『아사히신문(朝日新聞)』에 중편

「난쟁이(一寸法師)」 발표.

1928 『신세이넨』에 중편 「음울한 짐승」 발표. 14개월간의 휴필 뒤에 발표한 작품으로 대중에게 큰 인기를 얻음.

1929 『신세이넨』에 「애벌레」 「오시에와 여행하는 남자」 발표. 문학지 『고단클럽(講談俱樂部)』에 『거미남(蜘蛛男)』 발표. 란포의 특징인 '선정성·그로테스크·엽기·잔혹성'을 전면에 내세워 큰 호평을 받음. 대중오락잡지 『킹』에 『황금가면』 발표. 잡지 『아사히(朝日)』에 『외딴섬 악마』 발표.

1931 〈에도가와 란포 전집〉(전 13권)이 헤이본샤(平凡社) 출판사에서 간행됨. 약 24만 부라는 높은 판매 부수를 기록.

1936 평론집 『악마의 말』 출간. 이 무렵부터 평론가로 활발하게 활동하기 시작. 소년잡지 『소년클럽(少年俱樂部)』에 첫 소년물 『괴도 20면상』 발표.

1937 『소년클럽』에 『소년탐정단』 발표.

1938 『소년클럽』에 『요괴박사』 발표.

1947 일본탐정작가클럽(현 일본추리작가협회)을 창립하고 초대 이사장을 맡음.

1951 추리소설에 관한 평론집 『환영성(幻影城)』 출간.

1954 에도가와 란포상(일본추리작가협회 주관) 제정. 현재 일본 추리소설계에서 가장 권위 있는 상으로서 추리작가의 등용문이 되고 있음.

1961 자전적 회고록 『탐정소설 40년』 출간.

1962 소년만화잡지 『소년』에 마지막 작품인 『초인 니콜라』 발표.

1965 뇌출혈로 사망. 평생 동안 백 편이 넘는 추리작품을 남겼고, 추리소설 잡지 편집과 경영, 추리작가협회 창립, 관련 강연과 좌담회 개최 등 추리소설의 발전과 보급에 큰 공헌을 하여 일본 추리소설의 아버지로 불림.

'대산세계문학총서'를 펴내며

2010년 12월 대산세계문학총서는 100권의 발간 권수를 기록하게 되었습니다. 대산세계문학총서의 발간은 앞으로도 계속될 것이고, 따라서 100이라는 숫자는 완결이 아니라 연결의 의미를 지니는 것이지만, 그 상징성을 깊이 음미하면서 발전적 전환을 모색해야 하는 계기가 된 것은 분명합니다.

대산세계문학총서를 처음 시작할 때의 기본적인 정신과 목표는 종래의 세계문학전집의 낡은 틀을 깨고 우리의 주체적인 관점과 능력을 바탕으로 세계문학의 외연을 넓힌다는 것, 이를 통해 세계문학을 바라보는 우리의 시각을 전환하고 이해를 깊이 해나갈 수 있도록 한다는 것이었다고 간추려 말할 수 있습니다. 그리고 궁극적으로는 우리의 인문학을 지속적으로 발전시켜나갈 수 있는 동력이 될 수 있기를 희망하는 것이었습니다. 이러한 기본 정신은 앞으로도 조금도 흐트러지지 않고 지켜나갈 것입니다.

이 같은 정신을 토대로 대산세계문학총서는 새로운 변화의 물결 또한 외면하지 않고 적극 대응하고자 합니다. 세계화라는 바깥으로부터의 충격과 대한민국의 성장에 힘입은 주체적 위상 강화는 문화나 문학의 분야에서도 많은 성찰과 이를 바탕으로 한 발상의 전환을 요구하고 있습니다. 이제 세계문학이란 더 이상 일방적인 학습과 수용의 대상이 아니라 동등한 대화와 교류의 상대입니다. 이런 점에서 대산세계문학총서가 새롭게 표방하고자 하는 개방성과 대화성은 수동적 수용이 아니라 보다 높은 수준의 문화적 주체성 수립을 지향하는 것이며, 이것이 궁극적으로 한국문학과 문화의 세계화에 이바지하게 되리라고 믿습니다.

또한 안팎에서 밀려오는 변화의 물결에 감춰진 위험에 대해서도 우리는 주의를 게을리하지 말아야 할 것입니다. 표면적인 풍요와 번영의 이면에는 여전히, 아니 이제까지보다 더 위협적인 인간 정신의 황폐화라는 그늘이 짙게 드리워져 있는 것이 사실입니다. 대산세계문학총서는 이에 대항하는 정신의 마르지 않는 샘이 되고자 합니다.

'대산세계문학총서' 기획위원회